까로맘의
금쪽 같은
개새끼

까로맘의 금쪽 같은 개새끼

ⓒ 김민진, 2017. Printed in Seoul, Korea

초판 1쇄 발행일 2017년 4월 30일

지 은 이 김민진
책임편집 문은숙
경영지원 안진희
펴 낸 이 박진성
펴 낸 곳 북에디션

디 자 인 손봄디자인
종   이 상산페이퍼
인   쇄 천일문화사
제   책 바다제책사

출판등록 2012년 3월 22일 제2016-000195호
주   소 경기도 고양시 일산동구 정발산로 24 웨스턴돔 T4 414호
대표전화 031) 902-0640
팩   스 031) 902-0641
전자우편 seosubi@hanmail.net

ISBN 979-11-85025-35-3   03800

까로맘의
금쪽 같은
개새끼

김민진 지음

북에디션
BOOK
EDITION

이 글은 처음부터 책을 발간하기 위해 썼던 내용이 아니다. 내가 아주 좋아하는 언니가 있었다. 그 언니는 언제나 당당했고 멋진 언니였다. 심지어 귀엽기까지했다. 언니는 목표를 정해놓고 그곳까지 가는 길을 정말 멋지게 나아갔다. 그 목표는 반려견용품 인터넷쇼핑몰이었고 그 쇼핑몰은 대박을 쳤다. 그 쇼핑몰에서 언니가 반려견 관련 웹진을 써보지 않겠느냐고 제안해주었다.

나는 일주일에 한 번씩 주제를 정해서 웹진을 써내려가기 시작했다. 누가 보든 안 보든 내가 쓴 글이 홈페이지에 한 개 두 개씩 올라가기 시작하면서 나는 자신감이라는 무기가 생겼다. 언니는 항상 내용이 아주 좋다고, 나중에 글이 많아지면 이걸 엮어서 책으로 만들어주겠다고 약속했다. 하지만 곧 시련이 찾아왔고 언니는 누구보다 잘 이겨내고 지금은 평범한 회사원이 되었다.

그때 썼던 웹진들과 내가 까로맘에서 행동교정한 에피소드

들을 엮어 진짜 책을 발간하게 되었다. 내가 지금 이 책을 쓰게 된 계기는 그 언니 덕분이다. 그리고 지난 9년간 까로맘을 방문해주신 수많은 반려견과 견주 덕분에 지금의 책이 나올 수 있었다.

교정을 하면서 반려견과 대화하는 방법이 사람마다 다르다는 걸 알 수 있었다. 견주 위주의 대화방법이 제일 많았고, 반려견이 사람의 언어를 알아듣지 못한다는 걸 인지하지 않는 견주도 많았다. 그로 인해 나쁜 습관이 생기기 시작하면 견주는 그 문제점을 뒤늦게서야 깨닫고 내게 행동교정을 부탁해왔다.

나는 반려견과의 소통을 무엇보다 강조했다. 반려견의 나쁜 습관을 지적하고 고치려고만 하지 말고 원인을 없애면 그 습관은 자연스럽게 사라진다는 것을 견주에게 알려주었다. 이런 나의 교육법을 못마땅해하는 눈빛도 있었다. 반려견을 반려인으로 착각한 견주들이었다. 그로 인해 한때는 상처도 많이 받았지만 이젠 그들의 마음도 이해가 간다. 반려견 교정과 교육에는 정답이 없다는 걸 다시금 깨닫게 된다.

나는 네 마리의 셔틀랜드쉽독 견주이다. 현재 10살이 된 까꿍이, 7살 로시, 까꿍이의 손녀 4살 리코, 까꿍이 손자 4살 심

바. 저마다 사연을 간직한 나의 사랑스러운 반려견이다.

나는 지난 10년간 나의 교육법을 나의 반려견에게 직접 적용시켰고, 훈련일지를 작성해가며 반려동물 행동교정 전문가로서 노력해왔다. 가게 안에서 교정이 필요한 반려견들을 돌보는 동안 지금의 나로 성장할 수 있었다. 나의 반려견이 행동교정이 되지 않은 말썽꾸러기들이었다면 나는 행동교정 전문가라고 나 자신을 소개할 수 없었을 것이다.

내 교육 방식에 문제가 있었다면 나의 반려견들에게도 분명 문제가 있었을 것이다. 나는 아직도 반려견의 생활에 대해 궁금해하며 배우고 있다. 최대한 자연스럽게 교정하기 위해 노력하고 강압적으로 반려견들의 변화를 요구하지 않는다. 재주가 많은 내 반려견을 보고 어떤 사람들은 안쓰러운 듯 이렇게 이야기한다. "저렇게 되기까지 얼마나 힘들었을까?" 하지만 간식과 함께 즐겁게 놀이하듯 이뤄진 성과일 뿐 어떤 것도 강제적으로 가르치지 않았다. 가끔 학대한다는 눈초리를 받을 때면 늘 억울하지만 까꿍이 얼굴에 미소를 보며 위안을 삼는다.

이 책은 나의 소중한 20대가 담긴 애견카페 까로맘 이야기다. 많이 부족하지만 여기까지 올 수 있게 도와주신 아버지에게 감사함을 표하며 이야기를 시작하려고 한다.

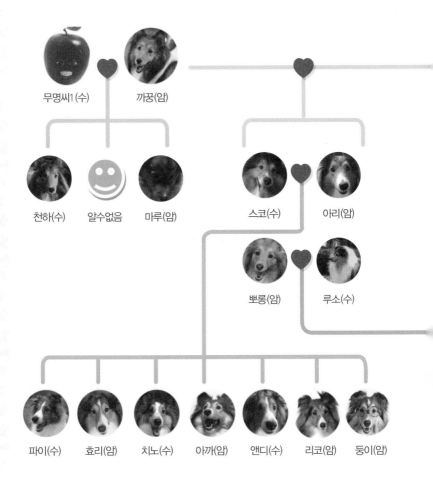

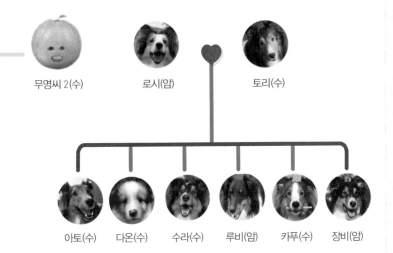

무명씨 2(수) 로시(암) 토리(수)

아토(수) 다온(수) 수라(수) 루비(암) 카푸(수) 장비(암)

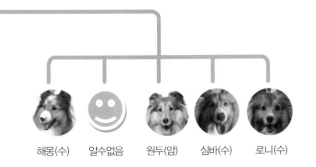

해몽(수) 알수없음 원두(암) 심바(수) 로니(수)

목차

까로맘,
까꿍 로시맘

이십 대 초반에 만난 까꿍이는 내게 선물과도 같은 존재다. 골든리트리버를 분양받기 위해 당시 내게 너무도 낯설었던 강아지 공장엘 방문했는데, 분양 중인 골든리트리버가 없다며 셔틀랜드쉽독을 대신 소개받았다.

"셔틀랜드쉽독은 짖지도 않고 애기를 매우 잘 돌보기로 소문이 나 있죠."

셔틀랜드쉽독이 어떤 종인지 전혀 알지 못하던 나는 이 말에 현혹되어 까꿍이를 분양받아왔는데, 까꿍이는 집에 온 첫날부터 미친 듯이 짖어댔고, 털이 풀풀 빠져 사방에 굴러다녔다. 그렇게 3년이 지났을까? 까꿍이의 새끼가 보고 싶어 교배를 했는데, 상상임신이었다. 하지만 까꿍이는 실제로 자궁수축이 일어나 진통도 오고 있었다. 내가 뭘 어떻게 해주는 게 좋을까 고민하다가 같은 종의 새끼 로시를 분양받아왔다. 까꿍이의 진통은 멈출 수 있었지만 다른 반려견을 받아들일 준비가 되지 않았던 까꿍이는 극심한 스트레스로 피를 토하기까지 했다.

까꿍이만 있었을 때 나는 애견카페 이름을 '도로시'라고 정하고 오픈해놓은 상태였다. 나는 까꿍이와 로시의 이름을 한 글자씩 따서 카페 이름을 '까로맘'으로 바꾸었다. 까꿍이의 남자친구로 점찍어뒀던 토리는 어느 날 로시의 남편이 되어 6마리의 토끼 같은 새끼들을 출산했다. 그 중에서 트라이 한 마리를 키우게 되었다. 이름은 장비였는데, 2년을 함께 하다가 장비를 너무도 아껴주던 지인에게 뒤늦게 분양가서 지금까지 행복한 삶을 살고 있다.

까꿍이의 딸 아리도 새끼를 낳아 그 중 한 마리를 키우게 됐다. 이름은 아빠의 이름 스코와 엄마의 이름 아리에서 한 글자씩을 따 리코라고 지었다. 엄마를 쏙 빼닮아 수다스런 반려견이다. 아리의 자매인 뽀롱이도 새끼를 낳는데 그 중 심바라는 녀석과 함께 지내고 있다.

사실 심바 주인은 따로 있었다. 하지만 견주의 일상이 바빠져서 심바와 함께할 수 있는 시간이 자꾸 줄어들었고, 그러는 동안에도 말썽 한 번 부리지 않고 기특하게 참아주는 심바가 더 마음이 아팠다고 했다. 결국 나와 상의한 후 까로맘에서 지내기로 했다. 심바가 까로맘에 오던 날은 무척 행복한 모습이었다.

이렇게 나는 셔틀랜드쉽독 네 마리와 함께 살고 있다. 이제 10살이 되는 까꿍이는 최근 고관절 수술을 받아 내 마음을 아프게 했지만 이제 더 건강한 삶을 살 것이다. 까꿍이는 나의

20대부터 함께 한 내 가장 소중한 존재다. 함께 한 시간이 더 길어서인지 다른 아이들보다 유난히 정이 간다.

나에게 와준 네 마리의 천사들이 하늘의 별이 될 때까지 더욱 사랑하고 아껴줄 것이다.

문제 있는
반려견은 없다

처음부터 문제 있는 반려견은 없다. 문제견으로 만드는 견주가 있을 뿐이다. 나는 견주들에게 이런 질문을 던져보곤 한다.

- 🐾 반려견을 항상 안고 다니지 않는가?
- 🐾 반려견이 짖을 때 무조건 혼내거나 방치한 적이 있는가?
- 🐾 다른 개를 보고 짖을 때 그 상황을 도망친 적이 있는가?
- 🐾 내 강아지의 자율성을 위해 자유급식을 하고 있는가?
- 🐾 집 안에 여러 가지 장난감을 늘어놓고 있는가?
- 🐾 견주와 같은 침대, 같은 소파 위에서 생활하고 있는가?

요즘은 위의 행동이 전부 해당되는 경우가 많다. 그렇다면 아래와 같은 문제점이 있지는 않은지 체크해보자.

- 🐾 다른 개를 보면 사정없이 짖어댄다.
- 🐾 개의 특정 부위를 만질 때나 개가 특정 행동을 할 때 만지면 물거나 으르렁거린다.
- 🐾 어떤 물건이나 사물에 집착하고, 그걸 뺏으려 하면 물거나 으르렁거린다.
- 🐾 산책할 때 앞장서서 간다.
- 🐾 애견카페를 갔을 때 안아달라고 하거나 구석에서 움직이지 않는다.

아마 많은 견주가 무릎을 치며 "어머! 우리 개 얘기야!" 할지 모른다. 이런 특징을 가진 반려견들은 대부분 분리불안증을 앓고 있다. 이 분리불안증이 반려견에게 얼마나 큰 스트레스를 주는지 살펴보고자 한다.

분리불안증은 부모 혹은 다른 양육자로부터 분리되는 것에 대해 심각한 불안감과 고통을 느끼는 증세를 말한다. 하지만 여기서 중요한 점은 이 분리불안증이 부모 혹은 견주로부터 비롯된다는 것이다.

까로맘 카페를 종종 찾아오던 반려견 역시 분리불안증을 앓고 있었다. 그 반려견의 견주는 여느 때와 다름없이 강아지를 품에 안고 들어왔다. 매번 반려견은 내려놓고 들어오시라고 말씀드렸지만, 죄송스러운 마음에 반가운 인사만 건네고 자리를 안내했다. 그런데 견주가 간단히 차 한 잔을 마시고 화장실에 가는 순간 일이 터지기 시작했다. 반려견을 잠시 내려놓고 화장실로 가 문을 닫자 그 반려견이 엄청난 소리로 울부짖기 시작한 것이다. 당황한 견주는 곧장 화장실에서 나와 자리로 돌아갔다. 나는 견주에게 다가가 말을 건넸다.

"분리불안증이 심하네요. 이 아이 정말 힘들겠어요."

그러자 견주는 놀란 토끼 눈을 하며 날 쳐다보았다. 아마도 반려견이 힘들 것이라는 내 말에 놀랐으리라. 견주는 자신의 반려견이 왜 힘들 거라고 생각하는지 내게 물었다.

"개들은 무리생활을 하는 동물입니다. 사람하고 살면서 무리생활이 사라졌느냐, 그건 아닙니다. 집에서도 무리생활을 하고 있습니다. 서열 1위가 있고 2위가 있고 서열 측에도 끼지 못하는 막내가 있습니다. 현재 이 친구의 서열은 1위이고, 견주께서는 서열 측에도 끼지 못하는 막내가 되어 있네요."

그러자 견주께서는 아니라고 손사래를 쳤다. 그래서 다시 여쭤봤다.

"출근하실 때 반려견이 짖거나 나가지 말라는 행동을 하지 않나요?"

"네!"

"이런 애견 카페에 와서 잠시 자리를 비우면 짖거나 울지 않나요?"

"네!"

"집에 있을 때도 항상 곁에 있으려고 하지 않나요?"

"그걸 다 어떻게 아세요?"

견주는 신기해하면서도, 이제 와서 반려견을 교정하는 건 힘들지 않겠느냐고 했다. 그래서 나는 현재 반려견의 심리상태

가 어떤지 이야기해주었다.

"이 아이는 견주께서 밖에 나가는 걸 죽기보다 싫어해요. 밖에 나가는 순간 나보다 약한 주인이 어디 가서 죽지 않을까 걱정합니다. 반려견들은 밖에 나가는 주인을 보고 사냥을 하러 간다고 생각해요. 하지만 서열로 봤을 때 자신보다 한없이 약한 주인이기 때문에 사냥을 해오는 데 성공할 리 없다고 생각하는 거죠. 차라리 자신이 나가겠다며 나가려는 주인의 바짓가랑이를 붙잡고 짖어대는 행동을 하는 겁니다. 그래서 주인이 나갔다가 돌아오면 살아 돌아왔다며 반겨주는 겁니다. 아주 다행이라고 말하는 거죠."

집에서 어른이 어른답게 행동하지 못하면 그 집이 콩가루 집안이 되는 것과 같다. 서열상으로 대장이 그 역할을 제대로 하지 못한다면 반려견은 엄청난 스트레스를 받게 된다. 편안하게 쉬어야 할 집에서도 나의 반려견이 엄청난 스트레스와 불안에 떨고 있다고 생각해보자. 참 가슴 아픈 일이다.

늦게라도 서열 1위의 역할을 제대로 해준다면 더 이상 집에서 홀로 불안감에 힘들어하지 않을 것이다. 서열 1위의 역할은 단호한 견주의 모습이다. 내가 안아주고 싶어서 안을 때와 안아달라고 해서 안아주는 건 다르다. 이걸 명확히 구별해야 한다. 반려견이 다리에 붙어 있으면 흔히 안아달라는 표현인 줄 알고 안아주는 견주가 많다. 하지만 이건 반려견의 부탁이 아니라 "안아라!" 하는 명령의 표시다.

이럴 때 견주가 안아주면 자신의 명령에 복종했다고 인식하게 된다. 자동으로 견주는 서열에서 밀리게 되는 것이다. 이걸 바로 잡기 위해서는 안아주는 횟수를 줄이거나 당분간 매몰차게 안아주지 않는 것이 효과적이다. 그러면 작은 변화라도 시작될 것이다. 분리불안증을 앓는 반려견의 견주에게 이런 조언을 하면 두 부류로 나뉜다. 어떤 견주는 서열 1위의 역할을 되찾고, 어떤 견주는 '이제 와서 뭐가 크게 달라지겠어?' 하고 포기해버린다.

다행히 까로맘 카페를 찾은 견주는 교정을 위해 열심히 노력했고, 그 결과 이제 출근할 때 자신은 쳐다보지도 않는다며 행복한 소식을 전해왔다. 만약 견주가 교정을 포기했다면 주변의 잦은 민원에 시달리며 모두가 힘든 시간을 보내야 했을 것이다.

목마른 사슴을 물가로 인도할 수는 있어도 물을 마시는 건 본인이 감당해야 한다는 걸 새삼 느낄 수 있던 시간이었다.

반려견 문제행동 해석과 교정법

문제행동 1 애견 카페에 오면 덜덜 떨거나 견주 다리 밑에서 꼼짝하지 않는다.

✋해석 반려견을 안고 다니면 자연스럽게 눈높이가 높아진다. 때문에 걷고 있는 반려견들보다 자신의 서열이 높다고 착각하게 된다. 그래서 내가 왕이다! 라는 식으로 짖게 되는 것이다. 이 문제 행동은 결국 주인을 향해 당장 나를 안으라고 소리치는 행동이다.

문제행동 2 산책할 때 다른 반려견이나 사람들을 보고 짖거나 공격하려고 한다.

✋해석 반려견이 컹! 하고 짖는 것은 공격을 뜻한다. 이런 행동을 방치한다면 점점 공격성이 심해져 난폭한 문제견으로 돌변할 수 있다.

문제행동 3 다른 반려견을 만났을 때 짖거나 공격하려는 반응이 점점 심해진다.

✋해석 그 상황을 모면하려 도망치면 안 된다. 반려견을 다리 사이에 끼고 앉아서 그 상황을 천천히 함께 지켜보자. 반려견이 궁금해서 하는 행동을 무서워서라고 생각하지 말아야 한다.

문제행동 4 사료를 안 먹고 간식만 달라고 하거나, 아예 아무것도 먹지 않으려 한다.

✋해석 먹이를 먹는 시간은 반려견이 최고의 집중도를 보이는 시간이다. 그래서 가장 재미있게 훈련할 수 있다. 놀이시간을 빼앗아버리면 반려견들은 상당히 무기력해진다. 밥 먹는 시간을 아침저녁으로 나누고 항상 견주와의 행복한 시간으로 기억되게 해주자.

문제행동 5 장난감을 치우거나 만지려고 하면 달려들어 공격한다. 또는 견주가 외출하는 걸 불안해하며 싫어한다.

✋**해석** 많은 것을 가진 자는 늘 불안하다. 반면에 빼앗길 게 하나도 없는 자는 좀 불편하긴 해도 마음만은 세상 편한 법이다. 반려견 또한 가진 것 하나 없는 상태로 생활할 수 있게 해줘야 한다. 항상 장난감, 사료, 간식들이 널려 있다면 반려견은 되레 불안한 상태가 된다. 누군가 장난감을 가져가지 않을까? 누군가 내 밥을 전부 먹어치우지 않을까? 하는 생각에 스트레스를 받게 된다. 이를 방지하기 위해서는 간식이나 장난감을 손에 닿지 않는 곳에 올려두어야 한다. 그래서 재미있고 맛있는 것은 항상 견주의 허락이 필요하다는 인식을 갖게 해야 한다.

문제행동 6 견주가 잠시 화장실을 가거나 샤워하러 들어가면 대성통곡을 하거나 낑낑거리며 불안해한다. 그리고 퇴근해 집에 오면 너무 좋아서 희뇨를 한다.

✋**해석** 주인이 자신보다 낮은 서열이라고 인식해서 밖에 나가면 불안해하는 것이다. 안고 다니거나 침대나 소파 등 눈높이가 높은 곳을 공유하지 말아야 한다. 잠자리는 항상 견주와 일정 거리를 두는 게 좋다.

반려견의
습관

견주의 사소한 행동이 반려견을 사나운 문제견으로 만들 수도 있다는 사실을 모르는 이들이 많다. 가장 흔한 습관은 한 침대에서 같이 잠을 자는 것이다. 그러면 반려견은 주인과 자신의 서열이 같다고 생각하고 나중에는 더 위의 서열을 차지하기 위해 침대에서 내려가라고 사람에게 신호를 보내기도 한다. 이렇듯 사소한 듯하지만 반려견 훈육에 문제가 되는 습관에는 또 어떤 것이 있는지 알아보도록 하자.

무릎 위에서 쓰다듬지 말기

많은 견주들이 반려견을 무릎 위에 올려놓고 연신 머리나 볼 등을 쓰다듬곤 한다. 물론 이 부드러운 스킨십은 반려견과 견주 간의 유대감을 느끼게 하는 행동이다. 하지만 반려견을 사람 몸 위에 올려두는 건 "넌 나보다 서열이 높아."라고 말하는 것과 같다. 무릎 위에 올라가 있는 것이 일상이 되어버린 반려견은 견주가 내려놓으려 할 때 짖거나 공격적으로 돌변해버리는 경우도 있다. 왜 나를 바닥에 내려놓느냐는 일종의 신호다.

일례로, 한 무리의 늑대 우두머리를 연신 핥아주는 늑대들이 있다. 이 행위는 "너는 리더로서 최고야." 하고 리더를 인정하는 의미를 갖는다. 무릎 위에 올리고 자신을 쓰다듬는 주인의

행위를 강자의 입이나 볼을 핥아주는 약자의 행위로 생각할
수 있다는 것이다.

집에 오자마자 반려견을 맞이하지 마라

주인이 외출하면 반려견은 온종일 주인이 돌아오기만을 애
타게 기다리며 주인만을 생각한다. 주인이 골목 어딘가를 돌
아 걸어오는 발자국 소리만 들려도 대문 앞으로 뛰어나가 엉
덩이를 세차게 흔들어대며 행복해한다. 주인이 드디어 문을
열고 들어올 때면 반려견의 행복지수는 최고조! 집에 도착한
주인이 부드럽게 자신을 쓰다듬어줄 때 반려견은 두 부류로
나뉜다.

첫 번째 부류는 행복하게 미소 지으며 가만히 주인의 손길을
느끼는 반려견. 두 번째 부류는 몹시 행복한 나머지 짖고 뛰고
희뇨를 찔끔거리기까지 하는 부류. 첫 번째 부류라면 집에 돌
아왔을 때 바로 반려견과 반가운 인사를 나눠도 좋지만, 두 번
째 부류라면 주의할 필요가 있다. 이때는 집에 도착해서 반려
견이 반가움을 표시해도 모른 척하자.

이것은 개와의 교감을 일시적으로 멈춘다는 의미다. 주인이
자기에게 신경 쓰지 않으면 반려견은 아무리 행복해도 그걸

완전히 표현하지 못한다. 짖거나 날뛰며 흥분하지 않고 단순히 반가움의 움직임만 보인다. 그리고 5분 정도 지나 반려견이 좀 진정이 됐다 싶으면 반려견의 머리를 쓰다듬으며 나지막히 "고마워, 잘 있었니?" 하고 말을 건네자. 그러면 짖어대고 날뛰며 주인을 반기는 반려견의 습관이 고쳐질 것이다.

반려견은 5분 동안의 무심함을 신경쓰지 않는다. 주인이 자신에게 관심이 있고 자신을 좋아한다는 것을 느끼면 그것만으로도 충분히 행복감을 느낀다.

밥 먹을 때 훈육하라

야생에서는 항상 우두머리부터 먹이를 먹는 습성이 있다. 나머지 무리는 우두머리의 냄새가 밴 먹이를 먹게 된다. 이때 중요한 것은 우두머리가 식사를 마치고 다른 구성원들에게 식사를 허용할 때까지 모두 기다리고 있어야 한다는 점이다. 먹이 앞에서 주인에게 도전하려들거나 위협하는 반려견이 있다면 반려견이 견주보다 높은 서열을 차지하고 있다는 증거다.

이때는 가족들의 식사가 모두 끝날 때까지 반려견의 먹이 주는 것을 미루자. 급식을 하려고 사료봉투를 들었을 때 반려견이 뒤를 졸졸 따라다니며 재촉하더라도 얌전히 앉아서 기

다려야 한다는 것을 가르쳐야 한다. 먹이 앞에서 "앉아!" 명령을 내린 후 "먹어!"라는 신호를 할 때까지 기다렸다가 먹도록 매일 길들이자. 또한 사료를 그릇에 덜어줄 때는 그냥 부어주는 것이 아니라 반드시 주인이 손으로 사료를 그릇에 덜어주어 사료에 주인의 냄새가 배게 하는 것 또한 중요하다.

몽골에서는 야생 독수리를 훈련시킬 때 매일 먹이를 주기 전 독수리의 입을 벌려 자신의 침을 뱉는다고 한다. 독수리에게 우두머리가 자신이라는 걸 인식시켜 훈련 성과를 높이게 하기 위함이다. 반려견 역시 좋든 싫든 주인의 냄새가 밴 상태로 먹이를 먹게 되면 본능적으로 우두머리에 대한 개념을 깨치게 된다.

산책 시 앞서 나가지 않게 한다

바쁜 일상 속에서도 반려견과 함께 산책하는 사람들의 모습을 볼 수 있다. 이때 반려견과 견주의 걸음 속도가 어떤지 유심히 살펴본 적 있는가?

대부분의 반려견은 주인보다 앞서 가거나 사방으로 정신없게 돌아다닌다. 작은 반려견이라면 쉽게 컨트롤이 가능하지만 대형견과 함께 나가는 산책이라면 더욱 긴장하고 나가야 한다. 산책할 때 반려견의 바람직한 모습은 견주와 속도를 맞춰 걷는 것이다.

산책을 나오면 앞서 뛰어나가는 반려견을 볼 때 견주는 '집에서 얼마나 답답했으면 저럴까. 얼마나 뛰고 싶었을까. 그래, 여기서라도 자유를 만끽하렴!' 하고 생각한다. 그래서 반려견이 이끄는 대로 끌려다니며 산책하는 것이다. 그러면 반려견은 자연스레 자신이 무리의 우두머리라고 생각하게 된다. 이는 아주 자연스러운 본능에 의한 것이다. 어느 순간 견주가 앞

서나가는 걸 방해하면 답답하고 화가 나서 자칫 공격형으로 돌변하기도 한다.

이미 산책 때마다 앞서나가는 게 버릇이 된 반려견을 어떻게 훈육해야 할까. 지금부터 그 방법을 알아보자.

첫째, 산책을 나가려고 현관문을 열었을 때 반려견이 먼저 발을 내딛으면 낮고 단호한 음성으로 "안 돼!" 명령한다. 그리고 주인의 발이 먼저 밖으로 나가야 한다.

둘째, 산책로에 도착해서 반려견이 평소처럼 앞서 나가려 하면 목줄을 살짝 잡아채 충격을 준다. 그리고 걸음을 멈추어 다시 "안 돼!" 단호하게 명령한다. 반려견은 잠시 당황하겠지만 바로 앞서 걸을 것이다. 그러면 움직이지 말고 다시 한 번 목줄을 잡아당긴다. 이렇게 몇 번 훈련을 반복한다면 조금씩 달라지는 모습을 볼 수 있을 것이다. 한 가지 주의할 점은 목줄을 당길 때마다 같은 명령어와 손짓으로 신호를 보내야 하는 것이다. 그러면 반려견과 더욱 원활히 소통할 수 있다.

어떤 견주는 마음이 아파서 목줄을 살짝만 잡아당기는 경우도 있다. 그러면 반려견은 이내 목줄의 충격에 적응해 어지간한 압박에도 아랑곳하지 않게 될 것이다. 마음 단단히 먹고, 반려견이 조금 놀라고 당황할 만큼 힘을 줘 목줄을 당겨야 한다. 이 훈련이 어느 정도 적응되면 그 뒤에는 손짓이나 목소리만으로도 훈련이 가능해진다.

셋째, 집에 돌아왔을 때 반려견의 목줄을 바로 풀지 말고, 산책으로 흥분된 상태가 진정될 때까지 한 자리에 멈춰 기다리게 한다. 이렇게 며칠을 반복하면 반려견은 산책할 때에 자신이 지켜야 할 규칙이 있다는 걸 감지하게 된다. 그리고 서열이 높은 주인에게 적응해나갈 것이다.

이렇게 길들이는 일이 반려견에게 미안한 일처럼 느껴지기도 하고 지속하기가 힘들고 어려울 수 있다. 하지만 사소한 규칙을 자연스레 몸에 익게 해주면 반려견과 견주가 서로 교감하면서 더 즐겁고 소중한 산책 시간을 만들 수 있다.

반려견 엄친아 엄친딸
만들기

화창한 날엔 공원에 산책을 나온 많은 반려견들의 모습을 볼 수 있다. 그 중엔 눈살을 찌푸리게 하는 매너 없는 견주와 반려견들도 심심찮게 찾아볼 수 있다. 그러면 반려견을 데리고 온 자신까지 괜히 눈치를 보게 되는 경험을 해봤을 것이다. 사람과 함께 살아가는 반려견은 공공장소에서의 매너 훈련이 반드시 필요하다.

즐겁고 신나는 공원 산책을 위해 일등 스마트독 만들기 훈련법에 대해 알아보고자 한다. 그 전에 견주라면 반드시 숙지해야 할 것은, 산책 시 목줄과 배변봉투는 필수이며, 공공장소에서 함부로 반려견에게 자유를 주셔서는 안 된다는 것이다.

이리와!

대부분의 견주들이 "이리와!"가 무슨 훈련이냐고 의문을 가질 것이다. 하지만 이 훈련은 최고 난이도를 가진 훈련 중 하나다. 한참 재미있는 놀이를 하거나 뭔가에 집중하고 있을 때 계속 하고 싶은 욕구를 참아내고 바로 견주에게 달려가야 하기 때문이다.

반려견을 앉히고 나서 견주는 손바닥을 반려견 얼굴 가까이에 대고 "기다려!" 명령한다. 그리고 나서 견주는 뒷걸음질로

어느 정도 거리가 생길 때까지 몇 걸음 걸어간다. 이때 반려견에게 등을 보이고 걸어가면 반드시 따라오니 주의해야 한다. 눈을 마주친 상태에서 뒤로 조금씩 거리를 넓히는 것이 중요하다. 일정 거리만큼 벌어졌다 싶을 때 견주는 이리오라는 명령에 적당한 수신호를 정하고, 그 수신호와 함께 "이리와!" 단호한 음성으로 명령한다. 반려견이 견주에게 가까이 뛰어오면 그때 간식과 함께 듬뿍 칭찬한다.

앉아!

공공장소에 반려견을 데리고 가면 반려견을 만져보고 싶어

하는 사람들이 있다. 이때 내 반려견에게 해야 할 명령이 바로 "앉아!"이다. 외모도 예쁜데 이런 팬서비스까지 해주면 내 반려견은 더욱 돋보일 것이다.

훈련에 적합한 장소에서 반려견에게 간식을 먼저 보여준다. 반려견의 눈이 간식에 고정되면 반려견 가까이에서 간식을 천천히 머리 뒤쪽으로 넘긴다. 간식이 반려견의 미간쯤을 지나갈 때 이미 반려견의 체중은 뒤로 실려 있다. 대부분의 반려견은 이때 앉는 자세를 해버리는데, 간혹 고개를 세우고 계속 간식을 지켜보는 경우도 있다. 그러면 반려견의 엉덩이를 살짝 눌러 앉은 자세가 되도록 해준다.

이때 타이밍이 중요하다. 손으로 엉덩이를 살짝 누르면서 "앉아!" 하고 명령을 내리고, 앉은 자세가 되면 칭찬과 간식을 주면 된다. 반복 훈련이 중요하며 한 가지 훈련이 완벽하게 끝이 난 뒤에 다음 훈련을 하는 것이 효과적이다.

엎으려!

"앉아!"를 완벽하게 숙지했다면 그 다음 단계인 "엎드려!"로 넘어간다. 기다리는 훈련을 할 때 앉은 자세보다는 엎드린 자세가 반려견에게 훨씬 편안하다. 그래서 조금 오랫동안 기다려야 할 때 주로 "엎드려!" 명령을 내린다.

반려견에게 "앉아!" 명령을 한 상태에서 간식을 코 끝에 가져다 댄다. 반려견이 간식에 집중하면 천천히 간식을 바닥으로 내려놓는다. 반려견의 고개가 간식을 향해 점점 밑으로 내려오면서 대부분 엎드린 자세를 취하게 되는데, 간혹 그렇지 않을 경우 어깨부분을 살짝 눌러주면 바로 엎드린 자세가 된다. 그러면 간식을 주고 칭찬해주면 된다.

기다려!

이 훈련은 공공장소에서뿐만 아니라 실생활에서도 유용하다. 반려견에 익숙지 않은 손님이 집에 방문할 때면 대부분 다른 방으로 반려견을 격리하는데, 이때 "기다려!" 명령이 빛을 발한다. 다른 방으로 반려견을 데리고 가서 "기다려!" 명령을 내리면 반려견은 '주인님이 칭찬해주고 간식을 줄 때까지 기다려야 되는구나.' 생각한다. 하지만 아무 지시도 없이 무작정 반려견을 방에 가둬두면 '왜 내가 지금 방에 있어야 하는 거지?' 하고 문을 긁거나 시끄럽게 짖는 행동을 하게 된다. 견주와의 교감이 제대로 이루어지지 않았을 경우 생기는 일이다.

이 훈련은 식사시간에 익히는 것이 좋다. 사료를 담은 그릇

을 앞에 놓고 "이리와!" 명령하고, 쏜살같이 달려오면 반려견
의 얼굴을 향해 손바닥을 펴고 단호하게 "기다려!" 명령한다.
이 명령에 익숙지 않은 반려견이 당황해하며 자꾸 사료를 먹
으려고 한다면 잠시 사료를 높은 곳에 올려두고 10초 정도 뒤
똑같이 훈련을 반복한다. 여러 번 반복 훈련이 필요한데, 어느
순간 단 5초라도 사료를 먹지 않고 기다린다면 이 명령을 완
벽하게 익힌 것으로 간주해도 좋다.

손을 반려견의 얼굴 앞에서 치우고 사료를 가리키며 "옳지!" 한다면 반려견은 허겁지겁 밥을 먹을 것이다. 처음부터 10분 이상 기다릴 줄 알아야 한다고 생각하고 훈련을 시작한다면 서로 지칠 수밖에 없다. 처음 5초가 10초가 되고, 10초가 20초가 되면서 점차 기다리는 시간이 길어질 것이다. 모든 훈련은 견주의 인내와 배려가 필요하다.

손!

가장 흔하고 쉽게 하는 이 명령은 훈련법 역시 단순하다. 반려견을 견주 앞에 앉도록 명령한 뒤 반려견의 앞발을 손으로 잡고 바로 "옳지!" 칭찬하고 간식을 준 뒤 앞발을 내려놓는다. 이를 반복하다 보면 "손!"이라는 명령에 자동적으로 반려견의 앞발이 올라올 것이다. 견주는 그때마다 앞발을 잡고 "옳지, 잘했어!" 칭찬을 듬뿍 해준다.

기본 훈련을 위한 팁

- 훈련을 시작하기 전 훈련에 적합한 환경을 만들자. 반려견이 오로지 견주에게만 집중할 수 있도록 조용한 공간에서 반려견과 견주가 1:1로 훈련해야 한다. 훈련 중에 다른 사람이 끼어들면 견주와의 교감이 흐트러져 훈련도 되지 않고 산만해질 가능성이 높다.

- 기본 훈련은 생후 2개월부터 가능할 만큼 반려견에게 버거운 과정이 아니다. 다만 하루이틀만에 모든 훈련이 몸에 익을 것이라 기대하는 것은 금물이다. 어떤 훈련은 1년 혹은 2년까지도 걸리는 경우가 있다. 훈련은 꾸준한 노력과 반려견과의 교감이 중요하다. 반려견은 사람의 언어를 이해하는 것이 아니라, 견주와의 교감을 통해 느낌과 목소리의 톤으로 명령을 알아듣는 것임을 잊지 말아야 한다.

- 칭찬은 고래도 춤추게 한다. 명령을 제대로 알아듣지 못하고 서툰 반응을 해도 칭찬을 아끼지 말자. 견주의 칭찬 한마디가 반려견의 지루한 훈련을 인내하게 한다.

사회화
문제

　요즘은 단독주택이 아닌 아파트와 같은 공동주택에서 반려견과 함께 살아가는 경우가 대부분이다. 이때 문제가 되는 것은 짖음에 의한 소음, 공격성, 용변으로 인한 악취 등이 있다. 따라서 공동주택일 경우 이런 부분에 대해 특별히 주의를 기울여야 한다. 기본적으로 외출 시 목줄을 매어 공격을 방지하고, 항상 배변봉지와 휴지를 준비해 반려견의 용변을 바로 치우는 도덕성이 필요하다.

　반려견과의 공동생활을 위해서는 반려견 성장 과정에 대한

이해가 필요하다. 지금부터 7단계에 따른 반려견의 성장과 행동변화에 대해 알아보자.

성장기(생후2주)

강아지는 태어나자마자 바로 어미젖을 찾는다. 성장기에 눈과 귀는 아직 닫혀 있고 후각도 발달되지 않았기 때문에 젖을 먹기 위해 촉각을 이용한다. 새끼 강아지들은 원으로 돌며 기는데 이것은 젖을 찾기 위해서다. 하지만 상대적으로 머리나

몸체가 발보다 크기 때문에 움직임을 통제하기가 어렵다. 어미를 발견하면 젖꼭지를 찾을 때까지 털가죽에 머리를 대고 민다. 그리고 배가 부를 때까지 계속 젖을 빤다. 잠잘 때는 바닥이나 새끼들끼리 바짝 붙어 잔다. 이 시기에는 강아지들이 사회적 접촉에 관심이 없다. 단지 생존의 법칙을 따를 뿐이다. 이때 어미는 새끼의 청결을 위해 애쓴다. 왜냐하면 이때 강아지는 포유와 수면밖에 할 수 있는 게 없기 때문이다.

과도기(생후3주)

과도기는 냄새에 대한 민감도가 급격히 발달하는 시기다. 젖

니가 나고, 걷기 시작하며, 스스로 배변을 한다. 과도기는 반려견 일생에 짧은 기간 가장 큰 변화를 갖는 시기이다. 소음이나 갑작스러운 환경 변화는 강아지의 성격과 발달에 큰 영향을 미치니 어미개로부터 격리시키지 않는 게 좋다.

각인기(생후 4~7주)

각인기는 강아지가 무사히 성장하는 시기다. 움직임은 보다 확실해지고 신속해지고 이해능력도 발달된다. 자신과 다른 존재에 대해 인식하게 된다. 그래서 밥을 주는 사람을 따라가 꼬

리를 치기도 한다. 주인의 목소리를 알아들으며 소리와 꼬리를 이용해 자기의 마음상태를 나타내기도 한다. 이 시기는 형제들과 놀이를 하며 위험한 상황에 처하는 사고가 잦다. 이러한 각인기는 강아지에게 결정적인 영향을 미치므로 이 시기에 배우지 못한 것을 후에 벌충하는 것은 대단히 어렵고, 반면 이 시기에 배운 것이 일생동안 남게 된다.

사회화기(생후8~12주)

사회화기에 강아지는 사람은 물론 동료 사이에서 심각함과 재미를 구분할 줄 알게 된다. 즉 '학습'이 가능해지는 것이다. 어미개는 본능적으로 이 시기에 새끼에게 놀이를 통해 다양한 학습을 시킨다. 그리고 비로소 강아지들은 어떻게 싸우고 저항하고 방어하고 화해하는지를 배워간다. 으르렁거림, 물어뜯음, 도망, 추적이 수반되는 격렬한 투쟁이 강아지들 사이에서 일어난다. 이 과정을 통해 자신의 힘이 얼마나 센지, 이 힘을 어떻게 잘 이용할 수 있으며 통제할 수 있는지 등을 알게 되는 중요한 시기다.

또한 이 사회화기는 견주와 강아지 사이에 강력한 사회적 연결대가 이루어지는 시기이기도 하다. 때문에 이 시기에 기초적인 훈련이 시작되어야 한다. 적절한 훈육과 사랑으로 견주와의 서열을 정리하면 주인에게 순종하는 반려견으로 자랄 수 있다. 그렇지만 아직 어린 강아지라는 걸 기억하고 너무 많은 요구는 하지 말아야 한다.

서열형성기(생후 3~4개월)

서열형성기에 강아지는 신체적, 지적 능력이 커져 활기가 넘친다. 이때는 강아지가 집 밖에서 다양한 경험을 쌓게 하는 게 좋다. 이런 경험은 반려견 여생에 많은 기억을 심어주게 된다.

다른 개와의 마주침, 바깥 세상의 소음, 그 밖에 여러 가지 상황들을 경험하게 하자. 이 시기를 잘 거치면 다른 개를 만났을 때도 당황하지 않고 잘 어울릴 수 있다. 이 시기는 개가 완전히 성장한 것이 아니므로 여러 가지 경험을 함으로써 새롭게 알게 되는 것이 많다.

학습기(생후5~8개월)

여우나 야생 개들의 경우 어린 것을 사냥 현장에 데리고 가서 어떻게 먹이를 포획하고 위험에 대처하며, 이 과정에서 발생하는 고난과 역경을 어떻게 극복하는지 가르치는 시기가 바로 학습기다. 예를 들어 미어캣의 경우 사냥 방법을 가르치기 위해 전갈을 잡아다 독이 있는 꼬리부분은 잘라버리고 새끼에게 가져온다. 개들도 마찬가지다.

서로 의지하며 조력하는 무리에서 그 만큼의 성과가 주어진다는 것을 알게 되는 시기다. 이때 가장 힘이 세고 날렵한 자가 그 무리의 우두머리가 되고, 나머지는 복종하는 것이 법칙이다. 이때 견주를 무리의 리더로 인식시켜야 한다. 이러한 인식은 교육을 통해서면 가능하다. 산책과 놀이를 통해 자연스럽게 훈련하는 게 중요하다.

사춘기(생후7개월 이후)

대부분의 개는 8~9개월 경에 사춘기, 즉 성적 성숙에 이르게 된다. 품종이나 크기에 따라 이 시기가 약간 이르거나 늦을 수도 있다. 수컷은 오줌을 누기 위해 다리를 들고, 암컷은 초경을 하며 갑자기 수컷에 관심이 많아진다. 이 시기에 개는 청년 반항기를 맞이하게 된다. 그래서 거칠고 고집이 세지며 어렵고 혹독한 훈련을 벗어나려 한다. 물리적인 힘이 강해짐에

따라 기존의 권력에 도전하게 된다. 이때 주인은 엄격히 훈련하여 반려견이 야생의 성격을 갖지 않도록 해야 한다. 반려견이 충분히 성숙되었을 때(소형견은 1년, 대형견은 2년 이상) 완전히 정착되어 보다 안정적인 표정과 행동이 나오게 된다.

식분증
사건

꼼지락거리기만 하던 작은 강아지가 며칠 만에 '앉아!', '기다려!' 등 몇 가지 기본 훈련을 터득하면 내 반려견이 세상에서 가장 똑똑한 개가 아닐까 싶고, 자랑스럽고 대견해서 바라만 봐도 기쁨으로 가득해진다. 하지만 이렇게 사랑스럽고 소중한 내 반려견에게도 예기치 못한 고비가 찾아온다. 그것은 호기심 식분증이다. 생후 2개월이 갓 지나 분양받아온 반려견을 키우는 경우, 한 번쯤 내 강아지가 똥을 먹고 있는 현장을 목격하게 된다. 이 식분증은 대부분 호기심으로 시작한다. 하지만 어떤 이유에서건 한 번 생겨난 식분증은 매우 고치기 힘든 습관이 된다.

오랜 외출을 마치고 집에 돌아왔을 때 온종일 빈집을 지켜준 내 반려견이 너무나 고맙고 사랑스럽다. 그래서 반려견을 끌어안고 뽀뽀 세례를 퍼붓는다.

"에구구 고마워. 집 잘 지켜줘서 고마워. 오늘 하루도 수고했어!"

그러면 반려견은 온종일 심심하고 배고팠던 기억 따위 금세 사라지고 만다. 최고의 행복을 느끼며 주인의 얼굴을 거칠게 핥아주고 자신의 얼굴을 비벼댄다. 애정 가득한 인사를 마

치고 반려견의 배변 처리를 위해 화장실과 패드를 확인해보는데, 흔적은 있으나 정작 배변은 사라지고 없다.

"으악! 그럼 내 얼굴은? 우리 반려견의 입속은?"

반려견 대부분이 호기심으로 식분증이 시작되지만, 이것이 제때 고쳐지지 않고 습관이 되면 분변 맛을 좋아하게 되는 경우도 있다. 그렇다면 도대체 왜! 우리의 사랑스러운 반려견들은 자신의 변을 먹는 것일까?

반려견 식분증의 다양한 원인에 대해 알아보자.

1. **보금자리의 청결을 유지하려는 목적** 즉, 배변판이 익숙지 않아 불안하거나 더러운 경우 청소하고자 먹어치운다.

2. **완전히 소화되지 않은 변에 대한 섭식** 간식이나 사료를 급하게 먹는 경우, 제대로 소화되지 않은 상태의 변에서 사료 냄새가 난다. 따라서 맛있는 사료 냄새로 인해 먹게 된다.

3. **분변 오염에 대한 주인의 체벌 방어 의식** 밝게 웃으며 반려견의 변을 치우는 주인은 없을 것이다. 주인의 반응에 수치심이나 미안함으로 변을 바로 먹어치우는 경우가 있다. 또는 배변을 지정된 곳에서 하지 않는다고 체벌을 가했을 때 주인에게 화가 나 이런 행동을 하는 경우도 있다.

4. **변을 치우는 주인의 행동모방** 반려견은 주인의 행동을 모방하려고 한다. 주인이 변을 치우면서 힘들어하는 모습을 보면 주인을 기쁘게 하려고, 또는 주인의 관심을 받기 위해 스스로 변을 없애는 것이다.

5. **스트레스** 좁은 곳에 자주 갇혀 있는 경우 무료함을 달래기 위해 변을 먹는다.

6. **모견을 흉내 내는 모방행위** 새끼들이 변을 보면 어미들은 다른 적들로부터 새끼를 보호하기 위해 전부 먹어치운다. 모

유만 먹는 강아지의 변은 모견에게도 심한 부담을 주지 않는다. 그런데 새끼들이 그것을 보고 따라 하는 경우가 있다.

7. **영양부족** 수의학적인 원인도 있다. 신체 일부분에서 흡수되어야 할 영양소가 부족해 변을 먹는 경우가 그것이다. 때문에 무조건 강제적으로 못 먹게 하기보다 정확한 원인파악이 가장 중요하다.

그렇다면 식분증은 반려견에게 어떠한 영향을 미칠까? 주로 위장 기관에 기생충 감염과 염증을 유발할 가능성이 커지고, 입 냄새와 구토, 설사, 과도한 가스, 가스로 인한 복명음, 체중 감소가 있다. 단순히 지저분한 습관이라고 하기엔 반려견의 건강에 적잖은 해를 끼칠 수 있으므로 식분증은 꼭 바로잡아야 한다.

전문가가 추천하는 식분증 대처 방법은 다음과 같다.

1. 내분비장애, 위장관 질병, 췌장 소화효소 분비, 부전 등에 대해 검사하고 이상이 있다면 치료하되 다식을 유발하는 약물은 금지한다.

2. 충분한 영양공급을 통해 불균형한 영양 요소를 바로잡는다.

3. 반려견이 변을 본 후 즉시 치워준다.

4. 변을 본 후 변을 먹기 전에 상으로 간식을 준다. 그러면 관심이 변에서 간식으로 옮겨진다.

5. 그 밖에 추천되는 방법으로는 섬유질이 높은 음식을 많이 공급하는 것, 고기를 주식으로 하는 것, 고기연화제를 섞어주거나 소화제를 같이 주는 것, 변 위에 나쁜 맛과 냄새가 나는 물질을 뿌려놓는 방법이 있다.

어려서 호기심으로 시작하는 식분증은 간단히 해결될 버릇이 아니다. 관심을 가지고 원인을 파악하여 행동교정을 위한 훈련을 꾸준히 병행하여야 한다. 반려견의 잘못된 습관의 원인은 대부분 견주에게 있다. 식분증 또한 주인에게 사랑과 관심을 갈구하는 반려견의 행동일 수 있다.

외출에서 돌아왔을 때 어지럽혀진 집 안을 바라보며 반려견을 야단치는 게 늘 우선이지 않았는지 생각해보자. 그 전에 혼자서 집을 지켜준 반려견에게 '수고했어! 고생했어! 덕분에 집이 너무 든든해. 고마워 사랑해!' 하고 말을 먼저 건네는 게 어떨까? 사랑과 관심은 만병의 특효약이다.

식분증(호분증) 교정

● **매일 배변 산책을 하러 나가자.**

본래 동물들은 자는 곳, 쉬는 곳에 배설하고 싶어 하지 않는다. 향긋한 흙냄새를 맡으며 배설하는 것을 더 좋아한다. 하지만 사람과 함께 실내 생활을 하며 배변할 장소가 마땅치 않아 패드라는 곳에 배설과 배뇨를 하는 것이다. 매일 한 번씩 일정한 시간에 산책하며 원래 습성을 찾아 좋아하는 실외 배변으로 바꿔주는 게 좋다. 그러면 자연스럽게 집 안 냄새도 사라지고, 산책을 하며 반려견의 스트레스도 풀어주는 일석이조의 효과를 얻을 수 있다.

● **배변 후 파인애플을 먹이자.**

과일 중 가장 향긋하고 단맛이 강한 파인애플을 배변 후 칭찬용으로 한두 조각 먹인다. 그런 뒤 변을 먹을 수 있게 돌려보내면 변 맛에 호기심이 떨어지고 파인애플 쪽으로 시선을 돌리게 된다. 변보다 맛있는 것으로 시선 돌리기 방법은 내가 가끔 써먹는 교정 방법이기도 하다.

내 반려견이
가장 좋아하는 것

내 반려견이 무엇을 가장 좋아하는지 견주들은 단번에 이야기할 수 있을까?

"먹는 거요! 밥이요! 공이요!"

물론 그런 것들도 모두 좋아하겠지만 비교할 수 없을 만큼 가장 좋아하는 것이 있다. 그건 바로 견주이다. 추측하건데, 반려견의 머릿속은 80%가 견주이고 간식, 장난감, 산책 등은 그 나머지가 아닐까 싶다. 견주가 챙겨주는 밥을 제일 좋아하고, 견주가 던져주는 공을 제일 좋아하며, 견주와 함께 산책하는 것을 제일 좋아할 것이다. 이렇게 반려견의 관심사는 오로지 견주에게 꽂혀 있다.

그렇다면 내 관심사는 어디에 맞춰져 있을까?

학원, 돈, 직장, 명예, 미래, 부모님, 남자친구, 여자친구……. 반려견과 비교하면 너무나도 초라한 현실이다. 이 사실을 반려견은 알고 있을까? 안타깝게도 반려견들은 다 알고 있다. 그렇지만 긍정적으로 견주를 바라본다.

퇴근하면 산책하러 나갈 거야. 컴퓨터를 끝내면 내게 간식을 줄 거야. 식사를 마치고 나면 함께 공놀이해줄 거야. 그리고 마지막으로, 자고 일어나면 나를 바라봐줄 거야.

반려견은 조금도 포기하지 않고 견주를 기다린다. 포기하지

않고 나를 기다려준 반려견에게 나는 무엇을 해줄 수 있을까? 일, 친구, 애인, 취미생활 모두 포기하라는 뜻이 아니다. 반려견은 퇴근 후 10분의 산책이 있다면 충분히 기다릴 수 있는 존재다. 반려견은 옆집 반려견의 일상을 자신과 비교하거나 부러워하지 않는다. 오로지 자신의 주인만을 바라볼 뿐이다.

매일 집안을 엉망으로 만들어놓아 문제견으로 낙인찍힌 반려견이 있었다. 이 반려견의 견주는 회사에 다니는 직장인이었고, 아침 9시에 출근해서 저녁 7시까지 일하고, 남자친구가 있는 견주였다. 저녁 7시에 퇴근해 남자친구와 저녁을 먹고 영화를 보고 나면 11시 혹은 12시가 넘어 귀가하는 날도 흔했다. 늦은 시간 집에 도착하면 항상 엉망이 되어버린 집 안 꼴을 보며 인상을 잔뜩 찌푸린 채 방으로 들어갔다. 피곤한 몸을 쉬게 하고 싶지만 집 안은 언제나 휴지나 박스, 양말, 옷가지, 신발 등이 찢겨 엉망진창이 돼 있었다. 참다 못한 견주는 반려견을 교정해달라고 요청해왔고, 난 견주에게 질문을 던졌다.

"산책은 자주 시키는 편이세요?"

"네, 엄청 많이 놀아줘요."

"얼마나 하시는데요?"

"일주일에 한 번씩 온종일 나가서 뛰어놀게 해줘요. 미친개

처럼 뛰어놀다 들어와서 떡실신해요."

산책에 대한 이 견주의 기준이 엿보였다.

"제가 말씀드린 '자주 산책한다'는 건 하루 두 번 이상을 말하는 것이고, 일반적인 산책 횟수는 매일 한 번씩이랍니다."

견주는 깜짝 놀랐다. 나는 또 한 가지 질문을 했다.

"반려견인 코카스파니엘은 어떤 종으로 알고 계신가요?"

"지랄견이죠."

난 나의 반려견에 대해서도 물었다.

"그렇다면 혹시 셔틀랜드쉽독이라는 이 개에 대해서도 알고 계신가요?"

"양치는 개요?"

"맞습니다. 양몰이를 하기 유리한 신체조건을 가지고 있는 종입니다. 코카스파니엘은 귀여운 외모를 가지고 있지만 사냥꾼의 오른팔 역할을 맡을 정도로 훌륭한 체력과 스피드, 충성심을 가지고 있습니다. 새를 사냥할 정도의 민첩함과 날쌘 신체구조로 되어 있죠. 사냥할 정도의 체력을 가진 이 친구를 일주일에 단 한 번 산책시킨다는 건, 마치 밖에 돌아다니기 좋아하는 사람을 의자에 묶어놓은 꼴이라고 보면 됩니다."

산책은 아침저녁으로 해주어도 좋고, 퇴근 후 10분의 산책만으로도 좋다고 말씀드렸다. 견주는 좀 의아해하는 눈빛이었지만 어쨌든 그날로부터 매일 반려견과의 산책 약속을 지켰다고 한다. 퇴근 후 단 5분일 때도 있었지만 빼먹지 않고 꼭 밖에 나갔다가 왔고, 반려견은 온종일 그 시간만을 위해 얌전히 기다렸다고 한다. 반려견은 산책을 하지 못하는 경우가 되면 집 안에서 스스로 산책을 한다.

대단한 교정 훈련이 필요한 게 아니었다. 내 반려견의 습성과 성격을 제대로 파악하고 있다면 누구나 최고의 훈련사가 될 수 있다.

내 새끼는
3개월입니다

어느 날 카페에 한 여자 손님이 들어왔다. 그녀의 품속에는 아주 작은 강아지가 안겨 있었다. 이 손님은 아직 강아지가 어리다며 조심스러워했다. 이 세상에 사랑스럽지 않은 새끼동물이 어디 있을까. 나는 너무 궁금해서 좀 보여달라고 했다. 품 밖으로 나온 그 강아지는 푸들이었고 말로 표현할 수 없을 정도로 작디작았다. 아, 이게 말로만 듣던 티컵 강아지구나 싶었다.

몇 개월이나 되었냐고 묻자, 견주는 이제 곧 4개월이 된다고 말했다. 곧 5차 예방접종을 앞두고 있었다. 견주는 카페견들의 개인기를 보더니 본인 반려견도 앉아, 기다려, 잎드려 성도는 할 수 있다며 자랑스레 말했다. 그러더니 강아지를 바닥에 내려놓고 보여주려고 애쓰기 시작했다.

"앉아! 앉으라고! 앉으라니까? 아, 왜 안 하지? 집에서는 다 했는데?"

원래 낯선 장소에서는 잘하던 것도 못할 때가 있다고 말씀드렸지만 견주는 끝까지 시도했다. 급기야 어린 강아지의 허리를 힘으로 누르기도 했다.

"에이, 안 하셔도 돼요."

나는 한 손에 쏙 들어오는 강아지를 안아 올렸다. 그리고 입안을 살펴보았다. 반려견의 나이를 확인하려면 치아를 보는

게 가장 빠르기 때문이다. 분명 4개월에 접어들고 있다고 했
으니 이갈이 시기이며, 유치 몇 개를 남기고 영구치가 자라날
시기였다. 하지만 치아 상태는 예상과 달랐다. 이제 막 이빨이
자라나고 있었던 것이다.

　그랬다. 반려견의 정확한 나이를 짚어낼 수는 없겠지만, 견
주가 아는 것과는 달리 강아지는 이제 겨우 생후 두 달 정도밖
에 되지 않았을 것이다. 이빨이 자라나서 육안으로 확인되는
시기는 생후 4주가 지나서이기 때문이다. 작은 강아지를 선호
하는 사람들 때문에 죄 없는 반려견들이 생후 한 달도 채 안
돼서 모견과 떨어져 분양시장에 나오게 된다.

강아지의 개월 수를 잘못 알고 있던 견주는 분양받은 한 달 동안 단단한 마른 사료를 먹이고 있었다. 배가 고픈 새끼 푸들은 잇몸이 여려 사료를 씹지 못하고 그대로 삼켜 먹는 상황이었다. 이런 마음 아픈 이야기를 구구절절 전하는 게 무슨 소용일까 싶었다. 그래서 간단하게 몇 가지 주의만 주었다.

1. 아직 이가 작으니 사료를 불려주세요. 소화가 잘 돼서 장이 튼튼해질 거예요.
2. 교육보다는 놀이를 해주세요. 이 아이는 신생아 시기라고 보시면 됩니다.
3. 꾸지람보다는 스킨십과 칭찬을 많이 해주세요.
4. 접종이 잘 되었는지 병원에서 항체검사를 꼭 해보세요.

강아지 공장에서 무턱대고 생산된 강아지들이 분양된 후에도 이렇게 고통받고 있다는 현실이 참 가슴 아팠다. 그래서 견주에게 교육 시기에 대해 설명하고, 그 밖에 강아지에 대한 정보도 전했다. 다행히 견주는 내 말을 귀 기울여 들었다. 이 새끼 푸들은 따뜻한 마음을 가진 견주의 보살핌으로 영리하고 건강하게 잘 자라줄 것이다.

- 유치가 나오기 시작하는 시기는 생후 3~4주이다.

- 유치가 빠지고 영구치가 나오기 시작하는 시기는 생후 4~6개월이다. 3~5개월 사이 이갈이를 하는데, 이때 수건이나 장난감 등으로 이갈이를 돕는 게 좋다.

- 너무 어린 반려견을 분양받았을 경우 견주가 어미견이 되어야 한다. 그렇지만 품 안에서만 키우려 해도 안 된다. 어린 견에 대한 많은 정보를 습득하자.

- 이빨 상태를 보고 마른 사료를 줄지 불린 사료를 줄지 선택해야 한다.

- 전문의에게 반려견의 상태를 정확히 체크하고 적절한 환경을 맞춰 주어야 한다.

우리 개는
살아있는 인형입니다

어느 날 하얀 말티즈 한 마리를 데리고 까로맘 카페를 찾은 손님이 있었다. 이 손님의 등장은 모두를 집중시켰다. 검은색과 연두색의 조화로운 배색으로 멋스러운 유모차, 유모차 손잡이 위로 새초롬하게 올린 핑크색 두 발, 새하얀 두 뺨에 칠해진 핑크색 볼터치까지 주변의 관심을 받기에 충분했다. 반려견 머리에는 크고 화려한 핀이 희고 탐스러운 털을 고정하고 있었으며, 반짝이는 비즈 장식의 하얀 드레스는 눈이 부셨다. 언뜻 보기에도 상당한 미모의 반려견이었다. 모델견이라고 해도 손색이 없을 만큼 작고 예쁜 말티즈였다.

견주는 우리 애기가 들어가도 될 만한 곳인지 탐색하기 시작했다. 이 정도면 깔끔하다 싶었는지 유모차를 파킹시킨 뒤 가게로 들어왔다. 나는 이렇게 공주처럼 자란 말티즈가 잘 적응할 수 있을까 걱정이 되었다. 아니나 다를까 카페견들이 너도나도 이 말티즈를 향해 짖어대기 시작했다. 그러자 공주처럼 어여쁜 이 말티즈가 제 몸집에서 나올 만한 소리라고는 믿기 힘들 만큼 크고 우렁찬 소리로 컹컹 짖어댔다.

"아이쿠, 정말 많이도 짖네."

"안녕하세요. 어머, 말티즈가 정말 예뻐요. 몇 살이에요?"

"세 살이요."

이렇게 간단히 대화를 나눈 뒤 자리로 안내해드렸고, 견주는 자신의 말티즈 전용으로 보이는 방석을 테이블 위에 펼치더니 그곳에 반려견을 올려놓았다. 카페 규칙상 테이블 위에 반려견이 올라가는 건 금지돼 있었다. 가서 말씀을 드려야 했지만 뭐랄까 다가갈 수 없는 아우라가 풍겨 조금 망설여지기도 했다. 그렇다고 다른 테이블 손님들께 불쾌감을 주는 행동을 지나칠 수는 없는 노릇이다. 나는 조용히 가서 말씀드렸다.

"말티즈가 너무 예뻐요. 어쩜 이렇게 잘 키우셨어요?"

"오호호호호호홍."

그러다 견주가 잠깐 화장실을 간 사이 충격적인 사건이 벌어졌다. 바닥에 혼자 남은 말티즈가 한쪽 다리를 들고 소변을 보기 시작한 것이다.

"앗! 야야야야!"

"무슨 일이죠?"

"아, 이 친구 혹시 수컷인가요?"

"오호호호호, 네!"

"그럼 매너벨트 채워드릴게요."

견주는 반려견의 얼굴이 예쁘다는 이유만으로 수컷 강아지를 이렇게 꾸며줬던 것이다. 예쁘다는 소리를 들을 때면 견주의 얼굴은 만족감으로 가득했다.

"우리 개는 살아있는 인형이에요. 오홍홍홍."

그 말을 듣는 순간 말로 표현할 수 없는 답답함이 밀려들었다. 견주의 이 말이 왜 그토록 가슴 아프게 들렸을까. 반려견의 모질은 장시간 염색으로 잔뜩 손상돼 있었고 계속되는 빗질이 익숙한지 시도 때도 없이 빗질하는 견주를 반려견은 무표정으로 바라볼 뿐이었다. 그 모습이 나는 참 마음 아팠다.

나는 이 견주의 생각을 바꿀 자신이 없었다. 어떻게 하면 이 반려견이 원래의 모습으로 돌아갈 수 있을지 그저 안타깝게 바라볼 뿐이었다. 결국, 이 반려견을 위해 단 한 가지 조언도 해주지 못하고 견주를 보냈다.

그렇게 일 년이 흘렀을까? 우연히 그 견주를 반려동물 놀이터에서 만났다. 그녀는 흙이 여기저기 묻어 더러워진 상태로 무척 해맑게 뛰어다니는 말티즈 한 마리를 열심히 쫓아다니고 있었다. 순간 찾아온 혼란!

"저건 누구 개지? 분명 그때 봤던 손님인데, 저 개가 아니잖아?"

견주는 우리 개들을 알아보더니 가까이 다가왔다.

"오랜만이에요. 오홍홍홍."

"어머, 안녕하세요! 오랜만이에요. 그런데 어떻게 된 일이에요? 그때 그 하얗고 긴 털을 가지고 있던 말티즈는 어디 가고, 이 해맑은 돌쇠는 누구 개죠?"

"오홍홍홍, 그때 그 말티즈 맞아요!"

이야기는 이렇게 시작되었다. 여느 때와 같이 온갖 치장을 하고 산책을 하던 어느 날, 리드줄이 끊어지며 화려하게 장식된 비즈가 우르르르 떨어지는 바람에 반려견이 깜짝 놀라 차도로 뛰어들었고 교통사고를 당했다고 한다. 그리 큰 사고는 아니었지만 근육 경련이 일어났던 말티즈는 털을 싹 밀고 적외선 치료를 받으며 근육을 이완시키는 치료를 했다고 한다.

그런데 그 뒤 반려견에게 큰 변화가 찾아왔다고 했다. 털이 하나도 없는 생쥐 같은 모습이 너무 안쓰러워 즐겨 입던 드레스를 입히려 하자 덜덜덜 떨었던 것이다. 견주는 그 행동을 보고 깜짝 놀라 더 이상 옷을 입히려 하지 않았고, 대신 자주 공놀이를 하며 즐거운 시간을 보냈다고 한다. 그리고 그제야 반려견은 웃음을 되찾은 것이다.

견주는 많이 미안해하며 자신의 말티즈를 바라보았다.

"너무 사람처럼 키우려고 했던 것 같아요. 비즈 리드줄을 만들어주지 않았더라면 이런 사고는 당하지 않았을 텐데. 제 욕심이 과했던 거죠."

나는 그제야 견주에게 한마디 건넬 수 있었다.

"반려견은 자신의 원래 모습을 가장 좋아해요. 비로소 제 모습을 찾았으니 이제 이 말티즈는 행복을 찾은 거예요. 아마 주인분께 무척 고마워할 거예요. 더 이상 미안해하지 마세요. 그 마음 또한 너무 과하면 해가 될 수 있답니다."

견주는 더 이상 반려견을 치장하지 않았고, 흙에서 신나게 놀다 집에 들어가 목욕을 시킨 뒤 하루를 마무리한다고 했다. 이때까지 반려견을 키우며 이렇게 해맑은 표정을 본 적이 없다면서 신나했다. 나도 견주의 해맑은 표정을 보니 기분이 좋아졌다.

때로는 과한 사랑이, 관심이 독이 될 수 있다. 나의 만족이 아닌, 내 반려견의 시각에서 행복감을 찾도록 해준다면 그것이 반려견을 위한 사랑이 아닐까 생각한다.

제압당한
반려견

교육에는 두 가지 방법이 있다. 하나는 느리게 가는 긍정의 교육이고, 다른 하나는 빠르게 가는 훈육의 교육이다. 나는 5년 전만 해도 빠르게 가는 교육을 선호했다. 내 앞에서 빠르게 교정이 되는 반려견의 모습을 보며 성취감에 취했던 것 같다. 그래서 한동안 훈육의 교육만을 고집했다.

하지만 교육에도 유행이 있고 흐름이 있는 법이다. 이제는 혼내지 않아도 말을 잘 듣게끔 하는 긍정의 교육 시대다. 긍정의 교육은 상당한 시간이 걸린다. 그리고 긍정의 교육이 오히려 독이 되는 반려견도 있다. 미친 듯이 물고 짖는 반려견의 경우가 그렇다. 견주는 하루가 급한 상황인데 긍정의 교육을 고집한다면 그건 역효과일 것이다.

장기간 사람을 무는 행동이 습관화된 반려견은 사람을 나약한 존재로 인식하고 있을 가능성이 높다. 그렇기 때문에 단호하게 바로잡아야 한다. 반려견이 사나운 문제견이 되는 데는 그리 오랜 시간이 걸리지 않는다. 아래와 같은 전조 증상이 있으니 확인해봐야 한다.

1. 산책 중 다른 개를 보면 신나서 달려가거나 마구 짖어댄다.

2. 다른 반려견을 못 만나게 하면 어쩔 줄 몰라 하며 낑낑거린다.

3. 다른 반려견이 가까이 오면 공격을 하려고 한다.

위의 내용이 하나도 해당되지 않을 수는 있지만 하나만 해당되는 경우는 없을 것이다. 처음부터 공격하는 반려견은 없다. 그렇기 때문에 서열을 알려주는 게 필요하다.

오래 전 나는 반려견을 데리고 동물병원에 간 적이 있었다. 진료를 마치고 약을 기다리는데 작은 말티즈 한 마리가 견주의 품속에서 정말 미친 듯이 짖어대고 있었다. 견주는 당황한 얼굴로 어쩔 줄 몰라 했고, 어떻게든 그 자리를 빨리 벗어나고 싶어 했다. 그때 나는 무슨 용기였는지 곁에 다가가 이렇게 말했다.

"짖는 것 때문에 힘드시겠어요. 괜찮으시면 제가 교정해드릴 테니 삼청동 까로맘 카페로 오세요."

집으로 돌아가면서 나는 내 입을 찢고 싶었다. 아니 내가 뭐라고 그런 말을 했던 것인지 후회로 가득했다. 당시 내 나이는 고작 26살이었다.

"날 정신 나간 여자로 봤을 거야. 당신이 뭔데 아는 척이냐며 욕 안 먹은 것만으로 다행이지. 이제는 절대 나서지 말자."

다음 날 아침, 카페견들이 정신없이 짖어대는 통에 누가 왔나 싶어 가게 문밖으로 나가봤다. 거기엔 어제 병원에서 만났던 작은 말티즈 한 마리가 숨넘어가게 짖고 있었다. 견주는 상

기된 얼굴로 애써 웃음을 짓고 있었다. 일단 견주를 들어오시라고 했고, 카페 오픈 준비를 서둘러 마친 뒤 견주와 상담을 시작했다.

견주는 미친 듯이 짖어대는 말티즈 때문에 너무 힘들어서 살수가 없다고 말했다. 이 짧은 대화를 나누는 동안에도 말티즈는 작은 체구에서 기차 화통을 삶아 먹은 듯 어마어마한 소리로 짖고 있었다.

"선생님, 제발 도와주세요. 제발요. 고쳐주신다면서요!"

그동안 초크체인만 사용해서 교정을 해왔던 터라 막막한 기분이 들었다. 이 작은 체구의 말티즈 목에 초크체인을 걸면 목뼈가 부러질 것만 같았기 때문이다. 나는 분명히 이 말티즈에게 통하는 교육방법이 있을 것이라 생각하고 행동을 유심히 관찰했다.

이 반려견은 귀엽게도 다른 개를 볼 때마다 뒷다리는 뒤로 뻗은 채 개구리 자세로 끊임없이 짖었다. 하지만 견주는 아무런 조치도 취하지 않고 있었다. 나는 견주에게 교정 방법을 설명하며 따라 할 수 있겠느냐고 물었고, 견주는 뭐라도 할 기세로 고개를 끄덕거렸다.

먼저 테이블 위에 푹신한 방석 두세 개를 겹쳐 깔았다. 그리

고 반려견이 짖으면 곧장 안아 올려서 방석 위에 배가 보이도록 뒤집어 내려놓고 견주와 아이컨텍을 하도록 했다. 그 다음 "안 돼!"라고 단호하게 말하라고 했다. 견주는 약 30분 동안 카페에서 내가 알려준 교정방법을 열심히 반복했다.

다른 개를 볼 때마다 짖어대는 말티즈였기 때문에 우선 카페 견들을 모두 밖으로 내보냈다가 10분쯤 지나 우르르 들어오게 해보았다. 그러자 정말 놀라운 일이 벌어졌다. 말티즈는 견주의 발 아래 얌전히 앉아서 고개를 갸우뚱거릴 뿐 더 이상 짖지 않았던 것이다.

사실 여기서 처음 고백하지만 나도 깜짝 놀랐다. 짖는 반려견이 이렇게 쉽게 고쳐지는 상황은 처음 봤기 때문이다. 견주는 울먹이며 내게 말했다.

"너무 감사해요. 정말 감사해요. 이 감사한 마음을 어떻게 전할 수 있을까요?"

나는 변화된 말티즈가 신기하기도 했지만 30분 동안 변함없이 교정을 위해 노력한 견주도 대단하게 느껴졌다. 그리고 또 한 가지 사실을 알게 됐다. 견주가 꾸준하지 않기 때문에 반려견의 못된 습관이 고쳐지지 않는다는 것을 말이다. 견주의 간절함은 반려견의 행동을 바꿀 수 있다는 것을 말이다.

세상에 나쁜 개는 없다. 꾸준하지 못하고 간절하지 않은 견주만 있을 뿐이다. 그 뒤로 이 견주는 일주일에 한 번씩 카페에 왔고, 반려견의 행동에 대해 상담하고 함께 대화하고 싶어 했다. 반려견을 곁에 두고 누군가와 대화할 수 있다는 것만으로도 무척 신기해했다.

"이렇게 단기간에 교정될 수 있다는 걸 모르고 저 너무 바보 같았어요."

"아니에요. 어떤 문제견이든 길은 있어요. 그 길이 꼬불꼬불

돌아가는 길일 수도 있고 곧은 직선일 수도 있어요. 그리고 지름길도 있어요. 어떤 길로 나아갈지는 본인이 결정하는 거예요. 반려견을 키우는 견주라면 필수적인 덕목이 끈기인데, 보통 끈기 있게 반려견을 훈련하지 못하는 경우가 다반사죠."

　그 뒤로 말티즈 견주는 까로맘 카페를 찾지 않았다. 지금껏 자신의 반려견과 여기저기 애견 카페에 가보고 싶었지만 짖는 습관 때문에 엄두를 내지 못했을 것이다. 어딜 가던 민폐였기 때문에 포기하고 살아오다가 이제 큰 산을 넘었으니 함께 가고 싶은 곳이 얼마나 많겠는가.

TIP 짖는 개 교정 시기와 방법

● 반려견이 짖기 전 증상은 전부 다르다. 항문이 갑자기 조여지는 경우도 있고, 꼬리가 하늘로 치솟으며 등털이 전부 섰을 때 짖는 경우도 있다. 또한 낮게 으르렁거리며 기선제압을 한 뒤 짖는 경우도 있다. 자신의 반려견이 짖기 전 어떤 행동을 보이는지 잘 관찰했다가 그런 행동을 보일 때 "안 돼!" 하고 명령을 내린다. 이런 상황이 여러 번 반복되면 반려견은 '내가 지금 짖는 행동이 잘못되었다'라고 인지하게 된다.

● 헛짖음을 제지하면 반려견이 시무룩해진다. 이때 작은 스킨십을 해준다. 머리를 한 번 정도 쓰다듬으며 "잘했어!" 하는 정도가 좋다.

● 이미 짖어대고 있는 경우, 반려견이 짖고 있는 대상을 견주의 몸으로 가리는 것이 좋다. 그리고 무턱대고 그 상황을 회피하기 보다는 상황의 마무리를 보여주고 함께 바라봐주는 것이 좋다. 너무 짖어서 피해가 간다면 살짝 들어 품에 안고 뒤집어준 뒤 가슴을 압박해서 "그만!" 하고 단호하게 다시 경고한다.

● 들어 올릴 수 없을 정도로 크기가 큰 반려견의 경우 정면에서 눈맞춤을 하고 "그만!" 경고하는 게 좋다.

내 반려견이 빨리
죽었으면 좋겠습니다

어느 날 한 커플 손님이 카페를 찾았다. 그분들은 카페 반려견들과 즐거운 시간을 보내고 계셨고, 집에 있는 반려견이 생각난다며 안타까워했다. 그래서 어디 아픈 데라도 있느냐고 조심스레 물었다. 그러자 그 커플은 이런 말을 했다.

"우리 집 반려견은 작고 하얀 말티즈예요. 너무 예쁘다 보니 아버지가 먹을 걸 너무 막 주셔서 걱정이에요. 먹으면 안 되는 음식까지 주는 바람에 응급실까지 가는 일도 있었어요."

나는 반려견 행동교정과 함께 견주 행동교정도 하고 있다. 그래서 아버님을 한번 모시고 오셨으면 좋겠다고 말씀드렸고, 그 커플은 그 주 주말 아버님과 어머님을 모시고 다시 까로맘을 방문했다. 아버님이 못 말리게 예뻐할 만큼 말티즈의 미모는 뛰어났다.

역시 듣던 대로 아버님의 반려견 사랑은 대단하셨다. 카페견들이 관심을 갖자 아버님은 행여나 반려견이 놀랄까 머리 위로 높이 들고는 조심스레 겨우 카페 안으로 들어오셨다. 아버님은 타르트를 주문하시고는 습관처럼 타르트 한 조각을 떼어 반려견에게 나눠주었다.

"어, 아버님 안 돼요!"

"네? 왜 안 된다는 거요? 맛있는 걸 좀 나눠먹겠다는 것뿐인데. 얘도 얼마나 먹고 싶겠어요."

아버님의 행동은 반려견 행동교정사인 나에게 절대 지나칠 수 없는 부분이었다. 그냥 안 되는 거라는 말로는 아버님을 납득시킬 수 없을 것 같았다. 그래서 나는 이렇게 이야기를 시작했다.

"아버님 사람의 신장 크기와 반려견의 신장 크기가 얼마나 차이날 것 같으세요?"

갑작스런 질문에 의아해하시던 아버님은 손가락으로 "이 정도?" 하고 크기를 가늠해보았다.

"그럼 사람의 혀와 반려견의 혀 크기는 얼마나 차이날까요?"

아버님은 또 손으로 가늠해보았다.

"아버님의 혀로 느끼는 맛과 반려견의 작디작은 혀로 느끼는 맛의 차이는 엄청나요. 아버님 혀에 단 음식은 반려견에게는 달다 못해 쓰디쓴 맛으로 느껴질 거예요. 그런데도 좋아라 하는 건 이 아이들에게는 새로운 맛이기 때문이에요."

그러자 아버님의 표정이 굳어져갔다. 반려견의 장기로 버텨내는 독성은 한계가 있다. 사람도 단것을 많이 먹으면 당뇨가 생기듯 반려견도 마찬가지다. 그리고 반려견에게 알레르기 반응을 일으키는 음식도 있다. 간혹은 알레르기 반응을 넘어서

서 생명을 위협하는 음식도 있다. 예를 들면 포도와 같은 경우이다. 아버님도 반려견에게 포도를 먹여 응급실에 다녀온 적이 있었다. 그 뒤로 포도는 절대 주지 않는다고 했다.

나는 사람이 먹는 다른 음식도 마찬가지라고 말씀드렸지만 도통 아버님 귀에 들리지 않는 듯했다. 그래서 좀더 직설적인 방법을 택했다.

"아버님은 이 사랑스러운 반려견이 빨리 죽기를 바라시는 건가요?"

아버님은 정색하시며 말씀하셨다.

"절대 아니야. 난 우리 강아지 없으면 큰일난다고!"

순간 아버님 얼굴에 두려움까지 엿보였다. 나는 다시 설득하기 시작했다.

"반려견과 오랜 시간 행복하게 살기 위해서는 음식이 가장 중요해요. 그런데 왜 이 반려견에게 독약과도 같은 음식을 먹이지 못해 이렇게나 안타까워하세요. 신생아가 먹는 음식과 일반 성인이 먹는 음식이 다르듯 반려견도 마찬가지예요. 반려견의 건강을 고려한 그들만의 음식이 따로 있어요."

그제야 아버님은 굳은 결심을 한듯 보였다. 그렇게 몇 시간 흘렀을까. 아버님은 나에게 다가와서 이렇게 이야기해주셨다.

"감사해요. 정말 감사해요. 딸애가 먹이지 말라는 말을 숱하게 했지만 나는 유난이라고만 생각하고 듣지 않았어요. 이런 내 고집이 우리 강아지에게 아픔을 줬는지 몰랐어요. 이제는 우리 강아지를 위한 간식을 사러 가볼 생각입니다."

아버님께 너무 충격을 드린 것 같아 죄송한 마음도 있었지만, 화내시지 않고 내 말을 잘 이해해주시고 수긍해주셔서 너무 감사했다.

요즘처럼 반려동물에 대한 관심과 문화가 선진화되기 전에는 따로 개밥을 준비하지 않았다. 그 시절엔 저녁 식사를 마치고 나면 남은 반찬을 딱딱 긁어 누런 볼에 담아서 숟가락으로 휘휘 저어 개밥을 챙겨주곤 했다. 하지만 그렇게 먹어왔던 아이들은 대부분 수명이 짧거나 건강하지 못했고, 아프면 아픈 대로 묵묵히 사람들의 곁을 지키다가 떠나곤 했다.

개들이 먹기에는 사람의 음식에는 염분이 아주 많고, 또 개들이 먹어서는 안 되는 금기 음식도 많다는 사실을 몰랐던 것이다. 요즘엔 반려견 간식 하나를 살 때도 유기농 마크를 체크하고, 원산지를 체크하고, 재료도 체크하며 꼼꼼하게 챙기는 이들이 많아졌다. 그만큼 반려동물에 대한 인식이 바뀌고 있다는 증거일 것이다. 이런 풍경이 익숙지 않은 어른들은 못마

땅해하며 한마디씩 거들곤 한다.

"옛날에는 다 사람들 먹던 거 남겨서 먹여 길렀어!"라고 말이다. 하지만 그건 말 그대로 옛날 일이다. 예전 집에서 키우던 개들은 그저 집을 지키고, 논과 밭의 농작물을 지키는 역할을 하는 정도였다. 그러나 요즘은 반려견이라는 말 그대로 인생을 함께 보내는 동반자이고, 없어서는 안 될 가족과 같은 소중한 존재가 되었다.

내가 음식을 먹을 때마다 군침을 흘리며 바라보는 반려견이 안쓰럽다면, 함께 먹어도 되는 음식과 먹지 말아야 할 음식을 체크해두는 게 좋다.

반려견의 건강을 지키는 음식 리스트

바나나

바나나는 설사하거나 변이 무른 반려견에게 효과적이다. 그리고 스트레스를 받는 반려견에게도 좋다. 하지만 과다섭취하면 자칫 변비가 올 수도 있으니 주의해야 한다.

고구마

고구마의 효소 아밀라아제는 가열하면 활성화가 돼서 단맛이 강해지고 비타민C가 많아진다. 췌장염이나 비만인 반려견에게 아주 좋은 간식이다. 하지만 과다섭취하면 설사를 유발하고 가스를 많이 배출하며 체중이 급격히 늘어날 수 있다.

호박

호박은 비장 기능을 향상시키고 체온을 유지시키고 체력회복과 두뇌 발달 등에 효과가 있다. 당질, 비타민, 미네랄 등의 성분을 함유하고 있고, 생체활동 에너지의 근원인 당질과 아스파라긴산을 함유하고 있어서 체력이 약해져 있을 때 먹이면 좋은 건강식품이다. 그리고 미용효과와 노화 방지에 좋아서 노령견에게 삶은 호박은 아주 좋은 간식이다.

달걀노른자

달걀노른자는 영양이 아주 많아서 언제 먹어도 좋은 식품이다. 특히 홍역이나 감기에 걸린 강아지들에게 좋다. 단, 급여할 땐 무조건 익혀서 줘야 한다. 또한 하루에 한 개가 적당하며, 달걀 흰자는 반려견 피부에 좋지 않으니 꼭 노른자만 주는 게 좋다.

닭고기(닭가슴살)

반려견들이 밥을 먹지 않을 때 닭고기를 밥에 섞어주는 경우가 많은데, 이는 좋은 영양공급원이 된다. 닭을 고를 때는 목이나 다리를 자른 부분이 붉은 갈색을 띠거나 노란색을 띠는 것을 피하고, 살빛이 분홍색을 띠고 껍질이 크림색을 띠는 것이 신선하다.

당근

당근은 구충 예방에 어느 정도 효과가 있다고 알려져 있다. 탈모나 탈색이 되어가는 백화증 예방에 좋고, 나트륨과 칼륨이 풍부해 어린 강아지에게 삶거나 쪄서 주면 장염 예방에 효과적이다. 당근은 지용성 비타민이라 식용유에 살짝 볶아서 주면 흡수가 더욱 잘 된다.

배

배는 체했을 때 효과적이고 겨울철 감기 걸린 강아지에게도 좋다. 배를 쪄서 주거나 배즙으로 먹여도 좋다.

북어

북어는 임신견이나 출산견에게 훌륭한 영양식이다. 단백질 함량이 높아 마른 반려견들에게 특히 좋다. 혈변을 보거나 설사를 자주 하는 장이 좋지 않은 반려견들에게도 효과적이다. 북어는 염분이 많으므로 반드시 물에 담가 염분을 제거하고 잔가시도 꼼꼼하게 제거해야 한다. 물에 넣어 끓인 후 달걀 노른자를 넣어주면 보양식으로도 손색이 없다.

브로콜리

브로콜리는 식이섬유가 풍부해서 장에 좋다. 반드시 삶아서 줘야 하고 소량만 급여하는 게 좋다.

양배추

양배추는 소화불량에 효과가 있고 포만감을 주기 때문에 비만견에게 특히 좋다. 또한 피부 재생 기능과 위를 튼튼하게 해주는 좋은 식품이다. 다이어트용 간식으로 주고 싶을 땐 살짝 삶거나 전자레인지에 익혀서 사료와 함께 주면 식사량을 줄이는 데 효과적이다. 그리고 변비가 있는 반려견에게는 당근과 익힌 양배추를 함께 먹이면 배변에 많은 도움이 된다. 양배추와 브로콜리는 뜨거운 물에 데쳐주거나 올리브유를 뿌려 살짝 볶아주면 된다. 생으로 급여하면 소형견의 경우 장에 무리가 올 수 있으므로 반드시 익혀줘야 한다.

연어

시중에 판매되는 제품 중에 연어 오일이 있는데 피부와 모질 개선에 탁월한 효과가 있다. 연어를 생으로 주는 것도 좋다. 연어는 뼈에 좋은 비타민D가 풍부하고 지방도 많아서 마른 반려견에게 좋은 식품이다.

돼지 족발

돼지 족발은 단백질과 여러 가지 영양소가 풍부하게 들어 있어 반려견에게 아주 좋은 간식이다. 돼지 족을 건조한 수제 간식이 시중에 판매되고 있는데, 뼈도 들어 있기 때문에 스트레스 해소와 치석 제거에 효과적이다. 돼지 족 삶은 육수를 주는 것도 좋다. 돼지 족 육수는 젖의 분비를 촉진하고 체내의 열독을 제거하고 피부를 부드럽게 해준다. 그래서 임신견이나 출산견에게 탁월한 효과가 있다.

오리고기

오리고기는 대사조절 기능을 높여줘 몸 안에 쌓인 각종 독을 풀어주고 혈액순환을 돕는 데 탁월한 효과가 있다. 무기질 함량도 다른 고기에 비교하면 두 배 이상 높다. 다른 육류에 비해 불포화지방산이 높아서 아무리 많이 먹어도 체내에 지방이 과다하게 축적되지 않는다. 그래서 동맥경화, 고혈압 등에 걸릴 염려가 없다. 비만견에게 급여해도 좋은 고기이다.

돼지껍데기

돼지껍데기에는 피부 미용에 좋기로 잘 알려진 콜라겐이 풍부하다. 반려견 피부에도 역시 훌륭한 식품이다. 돼지껍데기를 고를 때는 지방이 적고 잡티가 없으며 결이 고르고 냄새가 없는 것을 고르면 된다.

몽이의
소울푸드

까로맘 카페에 종종 들르는 손님이 한 분 있었다. 작은 말티즈 한 마리를 품에 꼭 껴안고 다니는 삼십 대 초반의 여성이었다. 키페 문을 열 때도, 주문할 때도, 심지어 커피를 마실 때도 말티즈를 품에서 떼어놓지 않았다. 주인의 품에 안긴 말티즈는 세상을 다 가진 듯 편안한 얼굴이었다.

처음 손님이 카페에 찾아온 날, 가까이 다가가서 본 그 말티즈는 나이가 제법 들어 보였다. 카페에 있던 개들이 새로운 친구를 알아보고 마구 달려들었지만 말티즈를 쉬게 하는 편이 좋을 것 같았다. 개들을 뒤로 물러나게 하고 일행을 편안한 자리로 안내해주었다. 만져봐도 되냐고 묻자 그분은 미소를 지으며, 낯선 사람을 별로 좋아하지 않아서 안 되겠다고 했다. 안쓰러운 마음이 들어 쓰다듬어 주고 싶었지만, 가만히 들여다보기로 했다.

"강아지 나이가 많아 보이네요?"

"네. 엄청 할머니예요. 열여덟 살이거든요."

"정말요?"

"저와 중학교 때부터 함께 자랐어요."

예상보다 나이가 많아서 깜짝 놀랐다. 워낙 귀여운 생김새라 나이가 잘 실감이 나지 않았다. 그렇게 인연을 맺은 말티즈의 이름은 '몽'이라고 했다. 그녀와 몽이는 자주 까로맘에 놀러왔지만 여전히 몽이는 사람을 따르지도 않았고, 새 친구를 사귀지도 않았다. 하긴 18년을 살았는데 더 이상 뭐가 신기하고 호기심이 생기겠는가. 주인 품 안에서 세상을 내려다보는 게 가장 속 편할 것이다.

몽이는 무척 허약해 보였다. 한눈에도 죽음이 머지않은 듯했다. 온몸은 검은 반점으로 뒤덮여 있었고, 이빨은 듬성듬성 빠져 있었고, 눈동자도 하얗게 변색돼 있었다. 걷는 것조차 힘들어 보인다 싶었는데 아니나 다를까, 몽이는 그야말로 걸어다니는 종합병원이었다. 몽이는 2년 전에 자궁축농증 수술을 하고 나서 노화가 급격히 진행되었다고 한다. 작년에는 혈액암으로 수술했고 얼마 전부터는 신부전증까지 앓고 있다고 했다. 나이가 들면서 생기는 질병들이기 때문에 속상해도 어찌할 도리가 없었다. 사람처럼 아프다고 말을 할 수도 없으니 보는 나로서도 안타깝고 답답할 뿐이었다.

자궁축농증은 자궁에 혹이 생기는 질병으로 암컷 노견들이 흔히 걸리는 병이다. 유선종양은 유선에 몽우리처럼 선종이 생겼다가 차차 종양으로 변하는 병으로 나이 든 암컷들이 잘 걸린다. 어렸을 때 중성화 수술을 해준다면 자궁축농증이나 유선종양을 막을 수야 있겠지만 새끼를 낳고 모성애를 느끼며 암컷으로서 살아가지는 못한다. 노견으로 넘어가면서 주기적인 건강검진을 한다면 질병을 어느 정노 예방할 수 있을 것이다. 그러나 완벽하게 피할 수는 없는 노릇이다.

한동안 몽이가 보이지 않았다. 걱정되고 궁금하기도 했지만 안부를 묻는 것조차 조심스러워서 그저 기다리기만 했다. 그러던 어느 여름날, 몽이가 다시 까로맘에 찾아왔다. 가슴을 쓸어내리며 반갑게 달려가 인사를 했다. 그런데 몽이는 유난히 기운 없어 보였고 주인의 한숨은 더욱 깊어졌다. 몽이가 더 이상 밥을 먹지 않아 움직일 수가 없어서 집 밖에 나서기가 어려웠다고 한다. 사람도 세상을 떠날 때 곡기를 끊는다고 하는데 개도 그런 걸까? 나도 이렇게 먹먹한데 십여 년 넘게 몽이와 울고 웃었던 주인의 마음은 어떠했을까. 매일 이별을 준비한다 해도 슬픔의 무게가 덜어질 수는 없을 것이다.

몽이가 카페를 다시 찾았던 날은 7월 18일, 토시몬들 생일이었다. 그들은 로시와 토리의 새끼들로 모견 부견 이름을 따서 '토시몬'이라고 불렀다. 토시몬들의 생일 케이크를 만들던 참이라 몽이에게도 "생일 축하해줘!" 하며 케이크가 담긴 접시를 내밀었다. 입맛을 잃은 지 한참이나 됐다고 하니 먹지 않겠거니

하고 주방으로 돌아왔다. 그런데 잠시 후 몽이의 주인이 놀란 목소리로 나를 불렀다. 그녀는 눈을 동그랗게 뜨고 말했다.

"어떻게 된 일이죠?"

"네?"

"몽이가 음식을 먹어요. 너무 잘 먹어요!"

카페로 나가니 과연 몽이가 음식을 맛나게 먹고 있었다. 나는 몽이의 주인을 보며 안도의 미소를 지어 보였다.

"사막을 헤매다가 오아시스를 만난 거죠!"

체력이 급격히 떨어져 있던 노견 몽이의 입맛을 되찾게 한 강아지 케이크의 재료를 나열해보자면 당근과 양배추, 오리 목살, 단호박, 고구마, 시금치, 참치파우더, 파프리카, 브로콜리, 블루베리 등이다. 당근은 비타민A가 풍부하고 카로틴 성분은 시력을 건강하게 해주고, 양배추는 비타민U가 풍부해서 위궤양을 예방하고 소화불량을 막아준다. 닭고기는 고단백 저지방 식품이다.

그런데 몽이의 혈액암에는 단백질 섭취가 도움이 되지만 몽이의 신부전증에는 단백질이 독이 되기도 한다. 몽이는 두 가지 질병을 함께 앓고 있었기 때문에 단백질 섭취 여부는 몽이의 주인이 선택하기에 달렸다. 그녀는 몽이에게 먹으려는 의지가 있을 때는 수의사의 처방에 맡겼지만 몽이가 입맛을 잃은 후로는 어떤 음식을 먹일지 스스로 선택하고 있었다. 여러 차례의 수술 끝에 많이 지친 몽이가 뭐라도 입에 맞는 것을 먹고 힘을 낼 수 있다면 감사한 일이라고 했다. 그렇게 조금이나마 생을 이어가준다면, 곁에 더 있어 준다면, 하는 심정으로 우리는 몽이에게 밥을 먹였다.

누군가를 떠나보내려면 시간이 필요하다. 강아지 케이크는 그녀와 몽이에게 소울푸드와 같았다. 남은 날들을 행복하게 보내고 이별을 준비할 수 있도록 에너지가 돼주었다. 그녀는 늙어가면서 얻게 된 질병들로 힘겨워하는 몽이가 드디어 좋아하는 음식을 찾게 된 걸 기뻐했고, 양껏 먹이고 싶어 했다.

그렇게 몽이는 오랜만에 배불리 먹고 만족스러운 표정을 지었다. 몽이네는 며칠 지나지 않아 다시 까로맘을 찾아왔고, 다시 한 그릇을 뚝딱 비웠다. 집에서 직접 만들어주라고 레시피를 알려주었지만, 그녀는 굳이 강아지 케이크를 주문했다. 같은 레시피로 집에서 만들어봤지만 반응이 시원치 않았고, 까로맘의 케이크만 맛있게 잘 먹는다는 것이다. 나는 그게 참 재미있기도 하고 신기하기도 했다.

매일 한 개씩 한 달 정도 강아지 케이크를 먹이고 난 뒤, 몽

이는 동물병원에 가서 건강검진을 받았다. 그런데 놀라운 검사 결과를 확인할 수 있었다. 혈액 수치가 정상으로 돌아왔고, 무른 변을 보던 것도 호전되었으며, 체중도 제법 늘었다는 것이다. 수의사도 몽이가 토실토실해졌다며 놀라워했다는 이야기를 전해 들었다.

그 뒤로 난 몽이의 전용 요리사가 되었다. 몽이 덕분에 반려견을 위한 음식 공부를 다시 시작했다. 강아지가 먹을 수 있는 음식과 먹어서는 안 되는 음식을 숙지하고, 영양과 효능을 꼼꼼히 살피며 조리를 시작했다. 몽이는 물론 나의 반려견인 셔틀랜드쉽독 네 마리도 한 끼는 사료, 한 끼는 강아지 케이크를 먹으며 호화로운 식사를 하게 되었다. 사료는 균형이 잘 잡혀 있지만 맛이 없는 반면, 강아지 케이크는 맛은 있지만 필수영양소가 모두 갖추어져 있지 않아 한 끼 정도는 반드시 사료를 먹이기로 한 것이다.

그러자 몽이의 변부터 달라지기 시작했다. 털갈이 시기에 먹었더니 확실히 모량도 풍성해졌고 모질도 좋아졌으며, 전체적인 컨디션이 회복되는 게 보였다. 그리고 생각했다. 내가 봐도 몽이의 상태가 달라지는 게 보이는데 몽이의 견주는 얼마나 감격스러울까.

누군가는 강아지한테 오븐에 구운 사료가 웬 말이냐, 죽을 때가 되면 죽는 거지, 하고 독설을 퍼부을지 모르지만 이미 몽이는 그녀에게 의심의 여지 없는 가족이었다. 어린 시절부터 함께 울고 웃던 동생이자 친구 같은 존재이다. 그런 가족이 떠나려 하는데 무엇이라도 해주고 싶지 않을까? 이별을 준비하는 일은 누구에게나 무척 힘든 일일 것이다.

이것이 바로 몽이를 위한 스페셜 쿠키다.

내가 만든 요리라면 잘 먹어주던 몽이 녀석 덕분에 난 참 행복했다. 사람은 한 해 한 해가 다르게 성장한다고 말한다. 하지만 수명이 15년 안쪽인 강아지는 하루하루가 다르다고 한

112

다. 이제 남은 날이 얼마 없는 몽이에게는 그야말로 보석같이 소중한 하루일 것이다. 내 음식이 몽이의 나날들을 지켜줄 수 있다는 게 참 감사했다. 언젠가 몽이가 세상을 등지고 무지개 다리를 건너는 그날까지 맛있고 건강한 음식을 만들어주리라고 다짐했다.

내가 만든 음식을 맛있게 먹고 건강해지는 걸 보며 나와 몽이의 견주는 행복해했다. 나와 몽이와 몽이의 견주를 웃게 하는 이 강아지 케이크야말로 진정한 힐링푸드가 아닐까.

"몽이야, 언니 이름표 하나 만들어서 붙여볼까? 힐링 테라피스트 김민진이라고!"

사진 속 몽이는 내가 해주던 몽이 전용 음식을 8개월 정도 먹고 더 이상 아무것도 먹지 않았다고 했다. 주문이 끊겼던 나는 몽이의 건강이 걱정돼서 지인을 통해 연락해보았다. 지인은 이렇게 이야기해주었다.

몽이는 견주의 마음이 준비되어 있지 않아서 떠나지 못했던 것 같다고 말이다. 위험한 순간을 여러 번 겪으며 힘겹게 생을 이어가는 몽이를 지켜보며 견주는 몽이에게 많이 힘들면 이제 가도 좋다고, 더 이상 잡지 않겠다고, 미안하다고 말했다고 한

다. 그리고 그 말을 들은 몽이는 견주의 품에서 거짓말처럼 편안하게 떠났다고 했다.

19년 동안 견주의 아낌없는 사랑과 보호 속에서 살아온 몽이는 무지개다리를 건너갔다. 나도 언젠간 내 반려견들과 이별해야 할 순간이 다가올 것이다. 그 슬픔의 무게를 감당할 수 있을지 아직 자신이 없다.

까로맘에서 몽이가 먹던 밥은 '몽빵'이라는 이름으로 훌륭한 간식 메뉴가 되었고, 까로맘 카페에 놀러 오는 여러 반려견에게도 인기 있는 간식이 되었다. 종종 몽빵이라는 간식 이름에 관해 묻는 손님들이 있다. 이 몽빵에 대한 이야기는 반려견을 키우는 모든 이들에게 공감과 감동을 주는 이야기가 아닐까 싶다.

그리고 현재 몽이가 가고 난 빈자리는 새로운 반려견 잉글리쉬불독 두 마리가 대신 채워주고 있다고 했다. 몽이는 품 속에 안고 다녔지만 지금은 저 두 마리 장난꾸러기들에게 산책을 당하고 있다고 전했다.

몽이의 힐링푸드 '몽빵' 레시피

재료 오리고기 500g, 브로콜리 2개, 양배추 4/1쪽, 당근 1개, 파프리카 빨간색 1/2쪽, 노란색 1/2쪽, 단호박 1개, 두부 2모

조리법 오리고기는 핏물을 제거하고 식초 물에 소독한 뒤 물에 담가 놓는다. 브로콜리는 데친 뒤 다져준다. 양배추는 씹는 식감을 살리기 위해 작은 크기로 자른다. 당근과 파프리카도 잘게 자른다. 단호박은 푹 쪄서 으깬다. 두부는 찬물에 담가 간수를 뺀 뒤 뜨거운 물에 한 번 삶아서 으깨준다. 그리고 100°c 오븐에 9~10시간 타지 않게 은근히 구워준다.

소심한
말티즈

반려견 행동교정상담사로 활동한 지도 4년이 되어간다. 친한 지인들은 내가 하는 일에 관심도 많고 의심도 많다. '저 아이가 말도 통하지 않는 강아지를 교정한다고? 과연 그럴 수 있을까?' 하고 말이다. 그리고 종종 내게 이런 질문을 던진다.

　"우리 강아지가 물어. 물지 못하게 하려면 어떻게 해야 돼?"

　가장 많이 받는 질문이지만 매번 당황스럽긴 마찬가지다. 아마도 의사들에게 이런 질문을 하는 것과 같을 것이다.

　"선생님, 저 배 아파요. 안 아프게 해 주세요."

　언제부터 배가 아프게 됐는지, 저녁에 뭘 먹었는지, 놀다가 혹시 부딪힌 곳은 없는지 등등 전체적인 내용을 들어야 답이 나오는데, 항상 사람들은 곧장 정답을 말해주길 바란다. 동물들이 말을 못한다는 걸 사람들은 가끔 잊고 사는 것 같다. 어느 날 여느 때와 같이 한 친구가 이런 질문을 해왔다.

　"내 친구네 개가 있는데 엄청 소심하대. 어떻게 해야 돼?"

　워낙 많이 받아온 질문이라 그냥 데리고 놀러 오라는 말만 하고 아무것도 알려주지 않았다. 그리고 다음 날 한 남자가 작은 말티즈를 품에 안고 까로맘 카페 문을 열었다.

　"어서 오세요!"

　"네? 아 네……."

인사 한 번 건넸을 뿐인데 남자는 어쩔 줄 몰라 하며 연신 쭈
뼛거렸다. 그러더니 힘겹게 한마디를 했다.

  "아메리카노오……."

  "아, 4,500원입니다!"

  그리고 다시 정적. 그러는 동안 말티즈는 품 속에서 인형처럼
꼼짝도 하지 않았다. 나는 여느 때와 같이 먼저 다가가 말을 걸
었다.

  "말티즈는 몇 살이에요?"

  그제야 궁금증이 풀렸다. 지난 밤 친구네 개가 매우 소심하다
고, 어떻게 해야 하느냐는 그 질문 속 반려견이었던 것이다. 정
말 이곳에 찾아오다니 견주의 간절함이 느껴지는 상황이었다.
반려견의 소심함과 그에 따른 나쁜 습관들을 견주는 너무 고치
고 싶어 했다. 나는 견주와 충분히 이야기를 나눈 뒤 반려견의
행동 원인을 설명했다. 먼저 반려견의 문제 행동은 이랬다.

  1. 견주가 나가려고 옷을 입으면 갑자기 옷 위에 배변과 배뇨를
     한다.
  2. 신발장으로 다가서면 못 나가게 온몸으로 견주를 막아선다.
  3. 산책하려고 밖에 나오면 덜덜 떠느라 걷지도 못한다.
  4. 견주가 잠시 자리를 비우면 목 놓아 운다.

이런 것들이 견주를 너무 힘들게 했다고 한다. 옷을 전부 치우고 나갈 준비를 하면 방바닥 아무 곳에나 배변과 배뇨를 하기 일쑤였고, 신발장 앞에서 온몸으로 막아서다가 주인이 만지려고 하면 으르렁거리고, 아무리 간식으로 유인하려 해도 먹히지 않는다고 했다. 산책하러 나갈 때면 걷게 하려고 억지로 줄을 당겨보기도 했고, 자리를 비울 때는 너무 울부짖어 항상 안고 다녀야만 했다고 말했다.

보통 견주들은 반려견의 문제 행동이 자신의 생활에 방해가 될 때쯤에서야 고치기로 한다. 사실, 문제 행동이 갑자기 시작되는 경우는 없다. 내 반려견에게 처음 문제 행동이 감지됐을 때 바로 지적하고 교정해주었다면 그 견주의 생활은 지금과 달랐을 것이다. 더구나 소심한 반려견을 교정하려면 오랜 시간이 필요하다. 반려견이 마음의 문을 열어야 교정이 시작되는데 그게 힘들기 때문이다.

나는 우선 반려견과의 서열을 먼저 정하자고 말씀드렸다. 이 반려견의 경우 다른 반려견과 다르게 무척 소심한 편이었다. 이런 소심한 친구들에게 초크체인을 매고 억압적인 교정방법을 시도한다면 더욱 더 소심해진다. 그래서 나는 칭찬 교정에 들어갔다. 반려견의 작은 반응에도 칭찬을 아끼지 않았고 충

분한 스킨십도 해주었다.

나는 이 반려견의 리드줄을 잡고 살짝 당겨보았다. 그러자 반려견은 놀란 듯 몸을 웅크렸다. 아직 나를 의심하고 있는 것이다. 이번에는 바닥에 앉아서 이 반려견이 내게 다가올 때까지 기다려보았다. 그러자 조금씩 내 곁으로 다가왔고 자연스레 냄새를 맡기 시작했다.

"반려견들은 본능적으로 냄새 맡는 것을 아주 좋아해요"

그러자 견주는 뭔가 생각이 난 듯 얘기했다

"강아지가 어렸을 때 여기저기 너무 냄새를 많이 맡는 바람에 병균에 옮아 자주 아팠었어요. 그 뒤로 냄새 맡는 행동을 할 때면 제가 혼을 많이 내곤 했어요."

그렇다. 나는 이렇게 반려견이 소심해진 또 한 가지 원인을 발견했다. 반려견에게 냄새 맡는 행동은 여러 가지 의미가 있다. 이 자리를 지나간 개의 크기를 가늠할 수 있고 다른 이성의 냄새를 맡을 수도 있다. 냄새를 맡으며 스트레스가 해소되기도 한다. 뿐만 아니라 지금 산책하고 있는 코스가 안전한 곳인지 체크하는 본능적인 행동이기도 하다.

그런데 이 중요한 행동을 견주는 어느 날부터 용납하지 않던 것이다. 냄새를 맡을 때마다 크게 혼이 나 그러잖아도 소심한 습성을 가진 이 반려견이 더욱더 소심해졌을 것이고, 산책조차 즐겁지 않게 된 것이다.

이렇게 설명하자 견주는 반려견에게 무척 미안해했다. 나는 앞으로 어떻게 해야 하는지 알려주었다. 이 반려견을 데리고 산책하러 나갈 때는 무조건 신나고 재밌게 해주어야 한다고 말이다.

"산책하러 나가기 전 목줄을 찾아오는 것부터 신나는 놀이의 연속으로 교육하셔야 합니다. 산책은 반려견에게 즐거움을 주고 스트레스를 해소해주는 것이지 교정의 방법은 아니에요."

견주는 자신이 밖에 나가려 할 때마다 못 나가게 하는 행동은 어떻게 교정하면 되느냐고 물어왔다. 나는 우선 한 걸음씩 나아가자고 했다. 그러고 나서 견주는 집으로 돌아가 반려견과 목줄로 즐겁게 놀이를 시작했고, 시간은 걸렸지만 문 앞에까지 신나게 나오는 것에 성공했다고 전했다.

또 놀라운 변화가 있었다. 별다른 교정이 없었는데도 견주가 출근 준비를 하거나 잠시 밖에 나가도 더 이상 불안해하는 행동을 하지 않는다고 했다. 견주와 반려견의 서열이 올바르게 잡혔기 때문에 나쁜 행동도 자연스럽게 사라진 것이다. 그 뒤 올바른 산책 방법을 알려드렸고, 그 작은 말티즈는 견주와의 산책이 얼마나 즐거운 시간인지 이제 알아가고 있다고 한다.

TIP 소심한 강아지를 위한 교정 방법

- 소심한 반려견을 교육할 땐 무엇보다 끈기가 필요하다. 스스로 문제를 해결할 때까지 견주는 기다려주어야 한다. 예를 들어, 하수구를 지나갈 때마다 그곳을 피해 걷게 하거나 안아서 건너게 해준다면 그 반려견은 평생 하수구를 지나가지 못할 것이다. 하지만 하수구 반대편에서 반려견의 이름을 불러주거나 공으로 유혹해서 스스로 지나오게 한다면 그 반려견은 더 이상 하수구를 무서워하지 않게 된다.

- 반려견 시각에서 바라보는 견주가 되어야 한다. 소심한 반려견은 자기보호를 심하게 한다. 그래서 산책 중 다른 개를 보고 짖는 경우가 많다. 이때 견주는 쪼그려 앉아 다리 사이에 반려견을 앉게 한 뒤 같은 눈높이에서 상황을 함께 지켜보자. 내 반려견이 어떤 상황일 때 짖는 것인지 제대로 파악하는 게 좋다. 심하게 흥분할 때는 머즐을 살며시 잡고 그 상황을 바라보게 해주는 것이 좋다. 너무 심하게 짖어 다른 사람에게 피해를 준다면 그 자리를 피하는 것도 방법일 것이다. 하지만 계속 피해버리면 반려견은 궁금해서 더 크게 짖는 버릇이 생길 수 있다.

- 처음부터 소심한 반려견은 없다. 언제부터 소심함이 심해졌는지 떠올려보고, 자신의 어떤 행동이 문제가 되었는지도 생각해보는

것이 바람직하다.

- 소심함이 금세 교정되지 않는 반려견도 있다. 그러면 처음 열심히 교정 훈련을 하던 견주도 지쳐 그만두는 경우가 많다. 소심함을 교정하고 싶다면 끝까지 포기하지 말고 도전하는 게 중요하다.

도그아일랜드,
내 반려견의 트라우마

까로맘 카페에서 반려동물의 문제행동을 교정한 지도 8년째다. 나는 이제 사나운 반려견이 무섭지 않고, 사회성 제로인 반려견도 전혀 걱정되지 않는다. 그렇게 반복되는 일상들로 타성에 젖어갈 무렵 경기도 여주의 당남리섬을 대여받은 분에게서 연락이 왔다.

그는 내게 반려견과 함께할 수 있는 사업아이템이 없을지 부탁해왔다. 나는 멈춰 있던 심장이 뛰기 시작한 것처럼 흥분됐다. 그리고 머릿속에 다양한 그림들이 펼쳐졌다. 그렇게 난 당남리섬을 반려견들과 놀 수 있는 100% 반려견들의 공간으로 기획하기 시작했다.

처음 기획해보는 일이었지만 항상 머릿속에서 그려왔던 사업이라 막힘없이 진행되었고, 까로맘에서만 있었던 내 모습이 우물 안 개구리처럼 느껴졌다. 나는 물 만난 고기처럼 활동하기 시작했다. 출퇴근 시간만 2시간인 거리를 매번 신나게 달렸다. 아무것도 없던 황량한 땅에 시설물이 하나둘 설치되자 제법 그럴싸한 풍경이 그려졌다. 그리고 2016년 7월, 당남리섬의 3만 8천 평 부지 위에는 드디어 '도그아일랜드'가 개장되었다.

손님이 쏟아지기 시작했다. 드넓은 들판 위를 반려견과 견주가 행복하게 뛰어다녔다. 그 모습을 바라보며 내 가슴 속에는 더 큰 꿈이 부푸는 듯 느껴졌다. 그렇게 도그아일랜드에 적응해가던 어느 날, 이곳에 놀러 온 푸들 두 마리가 눈에 들어왔다. 하얀 푸들과 갈색 푸들의 견주는 신혼인 듯한 젊은 부부였다. 그런데 그 가족의 텐트 주변을 지날 때면 갈색 푸들은 마치 씹어 먹기라도 할 듯 거세게 짖어댔다.

그 젊은 부부는 2박 3일 선결제를 한 뒤 반려견들과의 평화로운 주말을 꿈꾸며 이곳을 찾았을 것이다. 하지만 현실은 예상을 많이 빗겨나간 듯 보였다. 갈색 푸들은 사람이건 반려견이건 움직이는 물체만 보였다 하면 미친 듯이 짖어대기 시작했다. 그럴 때마다 부부는 열심히 말렸지만 도통 말을 듣지 않았다.

그렇게 하루가 갔고 토요일 주말이 찾아왔다. 수많은 사람이 몰리면서 그 부부의 스트레스는 더욱 극에 달한 듯 보였다. 이제 나의 간섭이 필요한 때가 된 것 같았다. 왜냐하면 갈색 푸들의 짖는 소리 때문에 손님들과의 대화가 단절되었고, 이곳을 찾은 이들이 편안한 휴식을 취하지 못하고 있었다. 그래서 그 젊은 부부에게 다가가 말을 걸었다.

"갈색 푸들이 짖으면 하얀 푸들도 뛰어가서 같이 짖네요?"

지칠 대로 지친 신혼부부의 얼굴에서 절실한 구원의 호소가 느껴졌다. 여느 때와 같이 초크체인으로 단숨에 제압하는 방법을 사용했다. 나도 때론 기다리는 훈련을 사용한다. 하지만 급히 교정이 필요할 때가 있다. 반려견이 주변에 피해를 주는 잘못된 행동을 하고 있을 때는 기다리지 않고 바로 교정하는 게 좋다. 내 어린아이가 문방구에서 물건을 훔쳤다고 생각해 보라. 남에게 피해가 되는 명백한 잘못을 했을 때는 차분한 말로만 타이르지 않을 것이다. 아이에게 더욱 엄격한 훈육이 들어가는 것과 마찬가지다.

갈색 푸들이 뛰자 하얀 푸들도 따라 뛰는 것으로 보아 몇 가지를 추측할 수 있었다.

1. 하얀 푸들이 더 성견이라는 것.

2. 갈색 푸들은 트라우마가 있다는 것.

3. 갈색 푸들은 소심하다는 것.

4. 갈색 푸들은 중성화가 되지 않은 수컷이라는 것.

정확했다. 갈색 푸들은 트라우마가 있기 때문에 움직임에 민감했다. 그리고 하얀 푸들은 갈색 푸들의 그런 행동을 따라 한다. 갈색 푸들이 "동료여! 짖어라!" 말하는 걸 듣고 따라 하는

것이다. 갈색 푸들을 짖지 못하게 한다면 하얀 푸들도 조용할 것이다. 갈색 푸들이 어리기 때문에 사물의 움직임에 더 민감할 수밖에 없다. 두 푸들에 대한 몇 가지 추론이 맞아떨어지자 젊은 부부는 구세주라도 만난 듯 내 손을 붙잡았다.

"선생님! 이럴 땐 어떻게 해야 하나요?"

함께 도그아일랜드에서 일했던 관계자들도 많이 놀란 눈치였다. 내 능력을 인정받는 순간이었다. 그 뒤로 나는 두 푸들의 호랑이 선생이 되었다.

갈색 푸들이 짖을 때 내가 사용했던 방법은 대화이다. 나는 짖으러 달려가는 갈색 푸들에게 리드줄로 말했다. "안 돼!" 이렇게 가볍게 행동을 제지하면 푸들은 자신이 어떤 행동을 했을 때 제지당한 것인지 생각한다. 푸들이 다시 짖으면 그때도 똑같이 "안 돼!" 하고 리드줄로 말했다. 이 젊은 부부의 가장 큰 잘못은 되는 것과 안 되는 것을 반려견이 알아들을 수 있는 언어로 알려주지 않은 것이다.

이 젊은 부부는 숙박료를 더 지급하고 하루를 더 머물렀다. 그리고 많은 대화법을 알게 해주어 감사하다며 포도 한 박스와 과자를 선물해주셨다. 그 포도는 세상에서 가장 달콤한 포도였다. 내 능력을 인정받았다는 증거였기 때문이다. 이제 해마다 탐스럽게 포도가 열리는 여름이 되면 사납게 짖어대다 순한 양이 되어 돌아간 그 푸들이 생각날 것 같다.

그 뒤로 나는 조금 더 바빠졌다. 도그아일랜드에 못된 습관 다 고쳐주는 호랑이 선생님이 있다는 소문이 무성해진 것이다. 덕분에 나는 다양한 문제견들과 행복한 만남을 이어가고 있다.

초크체인 훈련법

초크체인을 착용한 뒤 산책하러 나가보자. 반려견은 너무 신난 나머지 총알처럼 뛰어나가지만 곧장 그 자리에서 멈춘다. 아팠기 때문이다. 그리고 나서 반려견은 생각한다.

"내가 왜 아팠지?"

반려견은 다시 한 번 뛰어나간다. 그리고 또다시 목에 통증이 감지되면 정지한다.

"어랏! 내가 빨리 뛰어나가니 아프네? 그럼 천천히 가야겠다."

초크체인은 생각하는 체인이다. 생각할 기회조차 주지 않고 왜 자꾸 앞으로 뛰어나가느냐고 윽박지르기만 한다면 그건 이기적인 사람의 언어로만 반려견을 대하는 것과 같다.

대부분의 견주들이 예쁘고 편안해 보이는 줄을 선택한다. 그것이 나쁘다는 게 아니다. 무조건 초크체인을 사용하라는 뜻도 아니다. 다만 훈련을 위해서는 초크체인을 사용하는 것이 바람직하고, 어느 정도 교육이 된 후에 편안한 줄로 바꿔줘도 늦지 않다고 말하고 싶다. 초크체인을 하고 산책할 때와 다른 줄을 착용하고 산책할 때의 차이는 견주가 충분히 느낄 수 있다.

엄마
나 잘했죠?

도그아일랜드의 하루는 정말 눈 깜짝할 사이 지나가버린다. 낮은 울타리를 훌쩍 뛰어넘어 도망치는 비글을 잡으러 다니는 건 일도 아니다. 심지어 반려견을 따라 울타리를 향해 몸을 날린 적도 있었다. 넓은 잔디밭이 매력이었던 도그아일랜드는 비글처럼 활동량이 많은 친구에게 특히 인기가 많았다.

그리고 또 많이 오는 견종으로는 웰시코기와 푸들이었다. 그날은 비가 온다는 예보가 있었지만 많은 손님이 방문해주셨다. 그중에는 푸들 세 마리를 키우는 부부도 있었다. 하얀 푸들, 갈색 푸들, 초코 푸들. 그런데 나중에 알고 보니 하얀 푸들이 아니고 하얀 말티즈였다. 푸들 두 마리 사이에 끼어 있는 하얀 말티즈는 너무나도 조화로웠다.

부부는 자전거를 타고, 두 마리의 푸들과 한 마리의 말티즈는 자전거를 따라 당남리섬 한 바퀴를 산책하며 즐거운 시간을 보냈다. 참으로 평화로운 모습이었다. 그런데 점차 손님이 많아지자 푸들 두 마리와 말티즈는 점점 본색을 드러내기 시작했다.

하얀 말티즈 이름은 봄봄이었고, 갈색 푸들은 기린이, 초코색은 찌방이었다. 찌방이가 다른 반려견을 보고 짖어대자 봄봄이도 기린이도 다 같이 뛰어나가 맹렬하게 짖어댔다. 그리

작은 사이즈의 푸들이 아니었기 때문에 도그아일랜드를 찾은 다른 손님들은 흠칫흠칫 놀라기 일쑤였다. 그때마다 자전거를 내동댕이치고 기린이와 찌방이와 봄봄이를 잡으러 뛰어가는 부부의 모습이 안타깝기만 했다.

나는 문득 예전 푸들 두 마리가 생각나면서 도움을 드리기로 마음먹었다. 부부는 식사를 하고 있었는데 반려견들이 너무 짖어대는 바람에 밥알이 입으로 들어가는지 코로 들어가는지도 모를 만큼 정신이 없어 보였다.

"짖는 게 너무 심한데 제가 교정을 좀 도와드릴까요?"

그러자 부부의 얼굴에 화색이 돌았다.

"가능할까요? 애네가 왜 이러는지 도통 모르겠어요."

아이들을 살펴보니 찌방이가 먼저 "애들아 짖자!" 하고 선동하고 기린이와 봄봄이가 "알았어!" 하며 뛰어가는 것 같다고 말했다. 부부는 고객을 끄덕이며 언제나 찌방이가 먼저 짖기 시작하고 그러면 다른 아이들도 그걸 따라한다고 했다. 나는 찌방이가 어떤 상황 때문에 짖는 것인지 찌방이의 시각에서 바라보시라고 말씀드렸다. 쪼그려 앉은 상태에서 무릎 사이에 찌방이 엉덩이를 끼고 찌방이의 시각에서 바라보면 찌방이가 왜 짖는지 이해가 될 거라고 했다.

사람들의 다리가 위협적으로 느껴져서일 수도 있고, 사람들이 걷다 찬 돌멩이에 맞아 그러는 것일 수도 있다. 반려견이 짖는 것에는 항상 이유가 있으니 이유를 먼저 파악하면 고치는 과정이 수월할 거라고 말했다. 그리고 짖을 만한 징후를 보이면 바로 제지에 들어가라고 말했다. 사람이나 반려견이 다가올 때마다 짖는다면, 누군가 가까이 다가오기 전에 먼저 "안 돼!" 하고 제지해주는 것이다. 이렇게 교정을 시작하자 찌방이는 안 된다는 것을 인지하고 참는 모습을 보였다.

 이런 방법으로 찌방이를 잡자 봄봄이가 세상 망아지처럼 날뛰기 시작했다. 봄봄이는 아직 어렸고 이제 막 나쁜 습관들이 몸에 익기 시작해서 바로 제압 자세를 알려드렸다. 작은 체구였기에 견주 다리 위에서 제압을 시도했다. 반려견의 배가 보이도록 뒤집어 가슴을 제압하며 "안 돼!" 하고 단호하게 말하는 교정법이다. 이 부부는 교정하는 행동 하나하나를 기억하고 고치기 위해 무진장 애를 썼다. 내 말을 철석같이 믿고 의지하는 모습에 나는 더욱 책임감이 들었다.

 봄봄이는 다른 반려견이나 사람에게 달려가 왕왕 짖고 난 뒤 견주 다리에 매달리면서 깡충깡충 뛰는 행동을 했다. 이런 봄봄이의 행동을 통해 알 수 있는 개의 언어를 전달해드리자 견주

는 깜짝 놀라셨다. 이건 "엄마! 나 짖고 왔어요. 잘했죠? 칭찬
해주세요!"라는 의미가 담긴 행동이다. 하지만 견주는 이리와!
라는 자신의 말을 듣고 달려와서 안긴 거로 생각하며 매번 칭
찬해주었다고 했다.

안 된다는 견주의 말을 듣고도 달려나가 원하는 만큼 짖고
돌아올 때는 절대 칭찬을 해서는 안 되는 것이라고 말해주었
다. 이때까지 짖고 돌아온 봄봄이에게 칭찬을 해준 견주는 너
무나도 큰 충격을 받은 듯 보였다.

나는 그 부부와 한참 동안 반려견들의 나쁜 습관들에 대해
이야기를 나누었고, 그에 따른 교정 방법들을 알려주었다. 이
부부가 유독 기억에 남는 건 세 마리의 귀여운 반려견 때문이
기도 하지만, 그보다 부부의 진심 어린 태도 때문이었다. 내
말에 귀 기울이고 어떻게 하면 반려견들과 함께 행복하게 지
낼 수 있는지 진지하게 경청하는 모습이 감동적이기까지 했
다. 내 말을 의심의 여지 없이 다 믿어주었고 그대로 실천하는
모습도 인상적이었다.

그날 이후 여러 달이 지난 지금까지도 이 부부와의 만남은
계속 이어지고 있다. 현재 조카들과 함께 살고 있는 부부는 조
카들의 공부방을 찌방이 기린이 봄봄이의 보금자리로 만들어

꾸며주었다고 했다. 공부방을 빼앗긴 조카들이 안타까웠지만, 반려견을 교정하고자 하는 의지가 강했던 부부를 그 누구도 말릴 수 없었다.

변화되는 모습을 사진으로 남겨 내게 보내주곤 하던 부부의 모습에 책임감으로 어깨가 무거워지기도 했다. 그들은 나를 만나고 반려견과 함께 하는 생활에 많은 변화가 생겼다며, 내게 항상 고마운 마음을 전하는 분들이다. 사실 내가 더 고마운 분들인데 말이다. 이렇게 귀한 인연을 끝까지 간직하고 싶은 소망이 있다.

● 반려견의 행동을 한 번에 고치려는 욕심을 버리자. 단 5%라도 교정이 되었다면 칭찬해주고 인정해주자. 반려견의 교정은 견주의 인내심으로부터 완성된다.

● 내 반려견이 무엇을 말하는지 지켜보자. 산책 시 같은 곳에서 자꾸 짖거나 무서워한다면 반려견을 두 다리 사이에 넣고 앉아보자. 같은 곳을 바라보면 내 반려견이 어떤 상황에서 짖고 싶어 하는지, 긴장하는지 알 수 있다. 반려견은 등 뒤에 견주의 다리가 붙어 있기 때문에 견주를 의지하게 돼서 덜 긴장하게 된다. 반려견이 왜 짖는 것인지 이유를 알게 됐다면 겁내지 말라고 표현해보자.

반려견의
계급장

견주로서, 우두머리로서, 리더로서 내 반려견이 아래와 같은 행동을 하고 있지 않은지 반드시 짚고 넘어가야 한다.

- 🐾 다른 개를 보면 덜덜 떨고 있다.
- 🐾 다른 개가 냄새를 맡으려고 다가오는 걸 싫어한다.
- 🐾 개가 많은 곳에 들어갈 때 무서워한다.
- 🐾 개가 많은 곳에 데리고 가면 항상 안아달라고 조른다.
- 🐾 집에서 견주가 나가려고 하면 싫어한다.
- 🐾 집에 혼자 있으면 온종일 짖거나 운다.

　위의 행동을 하는 반려견들에게 부족한 점은 주인을 향한 믿음이다. 견주와 서열이 바뀌었기 때문에 반려견들은 이런 문제 행동을 보이는 것이다. 그렇다면 서열은 무엇일까? 도대체 서열이란 게 뭐기에 다들 서열 서열 하는 것일까?

　올바른 서열은 간단하다. 강한 자와 약한 자의 순서가 제대로 잡혀 있는 것이다. 그러면 모든 게 순조롭다. 하지만 서열이 바르지 않으면 이렇듯 문제가 발생한다. 사람은 언제나 강한 쪽이어야 한다. 이것은 굳이 설명하지 않아도 알 만한 이야기일 것이다. 그런데 반려견을 키우는 많은 가정의 서열이 뒤바뀌어 있다. 보호받아야 하는 반려견이 리더 자리를 잡고 있

는 경우가 흔하다. 이 엉켜버린 서열 때문에 반려견과 견주는
다음과 같은 오해가 쌓여간다.

반려견의 생각

오늘도 견주가 먹이를 구하러 나간다.
내가 더 사냥을 잘할 수 있는데!
혹시 사냥하다 도중에 죽어버리면 어떻게 하지?
내 무리는 여기서 깨지는 것인가.
절대로 못 나가게 더욱 필사적으로 막아야겠다.

견주의 시각

이런! 지각이다. 어서 출근해야지.
우리 강아지, 오늘도 집 잘 지키고 있어!
제발 얌전히 있어. 짖으면 큰일 나!
왈왈왈왈왈
또 왜 그러는 거야.

견주가 출근하고 혼자 남겨진 반려견은 이런 생각을 한다.

반려견의 생각

큰일이다. 내 부하가 먹이를 구하러 나갔다.

불안하다. 저 약한 부하가 과연 먹이를 구할 수 있을까?

빨리 돌아오라고 소리쳐야지!

왈왈왈왈왈

그 사실을 모르는 견주는 열심히 일하고 늦은 시간 퇴근한다. 그러면 집주인이 찾아와 개 짖는 소리에 자꾸 민원이 들어온다며 제발 조용히 좀 살자는 잔소리가 이어진다. 죄송하다고, 주의를 주겠다고 사과를 하고 집으로 들어가면 반려견은 또다시 시끄럽게 짖으며 달려와 안긴다.

견주의 시각

우리 강아지, 혼자서 아주 무서웠구나.

이렇게 달려와서 내 앞에서 오줌까지 지리는 걸 보니.

엄마가 미안하다, 미안해.

하지만 반려견의 생각은 다르다.

반려견의 생각

악! 내 부하가 돌아왔구나.

살아 돌아왔어! 거봐, 다음부터는 내가 사냥을 나갈게!

너처럼 약해빠진 게 무슨 사냥이야!

말도 안 되는 소리 마.

아! 미치겠네, 너무 좋아! 너무 다행이야!

왈왈왈왈왈왈

이렇게 반려견과 견주의 입장 차이가 어마어마하다. 집에 남겨진 반려견은 견주가 돌아올 때까지 불안에 떨고 있는 것이다. 편안히 쉬어야 할 집에서 부들부들 떨며 잠 한숨 편히 못자고 떨고 있다. 불안감을 해소해보려고 간혹 견주의 체취가 묻는 걸 깔고 앉거나 망가뜨리기도 한다. 혹은 수건, 의류, 신발, 휴지 등을 물어뜯어 놓기도 한다. 견주의 체취를 맡으면 불안감이 조금 덜해지기 때문이다.

집에서 반려견이 편안히 쉬고 있을 거란 생각은 견주의 착각이다. 그래서 서열이 중요하다. 서열이 잘 잡혀 있다면, 우두머리로서 역할을 잘 수행한다면 반려견들은 견주를 믿고 네 다리 쭉 펴고 쉴 수 있다.

요즘 나는 이해를 돕기 위해 군대를 비교해 이야기하곤 한다. 이제 막 입대한 이등병이 병장의 집에 함께 있다고 상상해보라. 반려견이 짖거나 분리불안 증세를 보인다면 반려견은 병장이고 견주는 이등병이다.

　반려견은 언제나 이등병이어야 한다. 병장이 된다면 불안해서 필사적으로 견주의 행동을 간섭할 것이고, 이 행동들로 인해 견주는 불편을 느끼게 되는 것이다. 반면 반려견이 이등병과 같은 존재가 된다면 너무나도 평온하게 스트레스 없이 생활할 것이다. 그렇다면 어떻게 반려견을 이등병으로 만드는 것일까.

　먼저 이등병과 병장은 자는 곳부터 다르다. 병장이 앉아 있고 이등병이 누워 있다고 생각해보자. 이런 상황을 남자 견주에게 말씀드리면 다들 동공 지진이 일어난다. 뭐든 병장이 먼저이고, 그다음 이등병이 움직이는 것이다.

　식사 시간, 병장이 숟가락을 들지 않았는데 이등병이 밥을 먹고 있다면?

　산책 시간, 병장이 걷고 있는데 이등병이 앞으로 먼저 달려나간다면?

　놀이 시간, 병장이 공을 잡고 있는데 이등병이 공을 빼앗아

달려나간다면?

　이것 말고도 대입할 수 있는 부분이 수도 없이 많다. 다시
한 번 나의 행동을 뒤돌아보고 고쳐보자. 서열이 올바르게 정
립되면 우리 반려견의 눈빛부터 달라져 있을 것이다. 불안과
초조의 눈빛에서 안심과 안정이 느껴질 것이다.

선임과 후임의
생활

동물들의 서열관계에 대해 이미 여러 매체를 통해 들어보았을 것이다. 서열이란 과연 어떤 의미일까. 반려견들이 사는 사회 속에 사람이 적응하는 것일까? 아니면 사람들의 사회 속에 반려견들이 적응하는 것일까? 서열은 간단하다. 사람이 사는 사회에 반려견들이 올바르게 적응하고 있는 것, 그것이 바로 올바른 서열 속에 사는 모습일 것이다.

　까로맘으로 놀러 온 중형견 사이즈의 믹스견이 있었다. 훤칠한 키에 매력적으로 생긴 남자분의 반려견이었다. 스피치와 테리어의 외형이 뒤섞인 그 반려견은 견주가 밥을 줄 때나 공놀이를 할 때 자꾸 손을 물어뜯으려 했다. 견주는 자신이 공을 빼앗거나 밥그릇을 만지기만 해도 건강한 치아를 드러내며 달려든다고 말했다. 카페에서도 다른 개를 향해 짖으며 달려들기도 했다. 견주는 내게 반려견의 공격성을 고쳐달라고 부탁했다. 나는 우선 이 반려견의 행동과 견주의 행동을 유심히 지켜보았다.

　견주가 공을 들자 반려견은 세상 밝은 얼굴로 달려왔다. 공을 던져주고 가지고 오라고 하자 반려견은 바로 도망쳤다. 견주가 반려견에게 공을 달라고 가까이 다가가니 반려견은 잇몸

까지 드러내며 으르렁거렸다. 견주는 아랑곳하지 않고 더욱 가까이 갔고 반려견은 괴성을 지르며 달려들었다. 사나운 반려견에 익숙한 내가 보기에도 겁이 나는 장면이었다.

"아니, 어떻게 이렇게 될 때까지 가만히 두셨어요?"

"처음엔 이렇지 않았어요. 공을 뺏으려고 하면 낮게 으르렁거려서 억지로 공을 빼앗아버렸더니 저를 물더라고요."

"그러고는 무는 게 습관이 되었군요."

"아마도 그렇게 된 것 같아요. 밥이든 장난감이든 뭐든 바닥에 있던 것을 주워들면 으르렁대기 시작해요."

견주에게 교정 방법을 알려줄 때 나는 종종 군대를 비유해서 설명하곤 한다. 남자 견주였기 때문에 격하게 공감하며 내 이야기를 경청했다.

"군대에서 선임과 후임은 어느 정도의 차이가 있을까요?"

"그야 하늘과 땅 차이죠!"

역시 내가 원하는 대답이 나왔다.

"그렇다면 사람과 개의 관계는 어때야 한다고 생각하세요?"

"아무래도 평등한 관계가 올바르지 않을까요?"

예상했던 대답이었다. 이 잘못된 생각 때문에 서열에 문제가 생겼던 것이다. 생각보다 남자 견주 중에 어린 사람이 많다.

그리고 작고 약해 보이는 반려견을 보며 어쩔 줄 몰라 하는 이 어린 견주 때문에 나쁜 습관이 든 반려견이 많다. 이 견주의 경우, 바닥에서 자는 반려견이 안쓰러워 침대 위에서 같이 생활했다고 한다.

"선임과 후임이 같은 침대에서 자는 경우도 있나요?"

"네? 그건 있을 수 없는 일이죠!"

"네, 마찬가집니다. 반려견과 같은 침대에서 잔다는 건 있을 수 없는 일입니다."

반려견과 견주의 관계는 선임과 후임의 관계라고 보면 된다. 견주는 선임의 역할을 제대로 해야 한다. 후임은 비록 몸은 힘들지라도 마음만큼은 신경 쓸 일이 별로 없어 편안하지 않겠느냐고 설명했다. 이렇게 비유를 들자 견주는 크게 웃으면서 알겠다고 했다. 그리고 당장 군대 체계로 바꿔버리겠다고 다짐하며 집으로 돌아갔다.

그리고 일주일 뒤 견주가 한결 밝아진 얼굴로 까로맘을 다시 찾았다. 그간 여러 가지 변화를 주었다고 했다. 우선 여태까지 사용해오던 가슴줄을 목줄로 바꾸었다고 했다. 산책할 때마다 매번 앞서 나가던 버릇이 제어되지 않았는데, 목줄로 바꾸고 반려견이 앞서 가려고 할 때마다 통제했더니 놀라운 변화가 시작되었다고 했다. 앞서 뛰어나가는 버릇은 물론 사나운 버릇까지 교정되었다는 것이다.

공놀이는 견주가 원할 때 할 수 있다는 걸 알게 하기 위해, 반려견 시야에 보이지만 닿지 않는 곳에 공을 올려두라고 했었다. 견주는 내 말을 실천에 옮겼고 이내 반려견은 공에 대한 집착도 더 이상 하지 않는다고 했다.

이곳저곳에 장난감이 두고, 언제든 먹을 수 있도록 자유급식을 하고 있지는 않은지 돌아보자. 이건 모두 후임에게 욕심을 갖게끔 하는 견주의 그릇된 행동이다. 지킬 것이 많아지는 후임은 선임이 되려고 애쓰기 시작한다. 강해지기 위해 이빨을 드러낼 것이다. 이것은 공격성의 시작이다. 그러니 지금 당장 제한급식으로 바꾸고, 장난감은 눈에 보이지만 닿을 수 없는 곳에 치워두자.

요점은 이것이다. 반려견이 집착하는 환경을 만들지 말아야 한다. 원하는 걸 모두 곁에 두면 너의 것이니 지키라고 하는 것과 같다. 그것이 바로 집착하는 환경이다. 아무것도 미리 주지 말고, 견주가 시작하고 싶을 때 장난감을 꺼내와 놀아주자. 단, 장난감을 그저 던져주고 마는 것이 아닌 함께 즐거운 시간을 보내주는 게 중요하다.

반려견은 본능적으로 사냥을 하면서 스트레스를 풀고 즐거움을 느끼는데, 자유급식은 반려견에게 그런 즐거움을 빼앗아 버리는 것과 같다. 바쁘다는 이유로, 시간에 맞춰 밥을 잘 챙겨주지 못한다는 이유로 말이다. 제한급식을 한다면 식사 때마다 견주와 반려견은 소통하게 된다. 사료를 주면서 쌓은 교감은 무엇보다 끈끈한 애정으로 쌓일 것이다.

우리 반려견이 입이 짧고 사료를 잘 먹지 않는다면 자유급식이 요인인 경우가 있다. 야생에서는 먹이가 지천에 깔려 있지 않다. 노력해서 사냥을 해야 배부르게 먹을 수 있다. 반려견은 매일 맛있는 사료를 주는 견주에게 충성심을 표한다. 먹이 사냥을 매우 잘해오기 때문이다. 열심히 일해서 내 반려견에게 맛있는 사료를 사주는 것이 견주의 사냥인 것이다.

제한급식으로 바꾸기 위해 허기를 느끼도록 굶겼는데도 사료를 먹지 않는다고 호소하는 견주도 있다. 정말 아무것도 주고 있지 않은지 확인해보아야 한다. 집에 함께 있는 가족들이 무언가를 주고 있을 것이 분명하기 때문이다. 수의학적으로 3일 이상 절식하면 가까운 동물병원에 가야 한다. 하지만 아무것도 주고 있지 않은데 정상적으로 변을 보고 생활한다면 분명 누군가는 먹이를 주고 있을 것이다.

넌 이거 하나만
고치면 돼

어른들은 흔히 이런 말을 한다. "넌 이거 하나만 고치면 딱인데!" 그리고 많은 견주들도 흔히 이런 말을 한다.

"넌 참 짖지만 않으면 딱인데!" "물지만 않으면 딱인데!"

사람들은 자신의 반려견에게 완벽하게 만족하지 않는다. 그리고 나는 완벽한 만족을 꿈꾸며 문제견의 교정을 위해 오늘도 노력한다.

어느 날 푸들 한 마리가 왔다. 갈색에 아주 작은 사이즈의 푸들이었다. 이 반려견의 가장 큰 문제는 견주가 문제점을 파악하지 못한다는 점이었다. 이 푸들의 이름은 제이였다. 이름처럼 고급스러운 푸들이었다. 조금 소심해 보였고, 수시로 견주를 찾는 약간의 분리불안증을 갖고 있었다. 분명 또 다른 문제가 있을 거라고 나는 스텝들과 이야기를 했다.

나는 견주에게 다가가 제이에게 혹시 어떤 문제가 있느냐고 물었다. 그러자 견주는 전혀 문제가 없다고 했다. 분명 문제가 있어 보이는데 왜 견주는 그 사실을 알지 못할까. 나는 답답한 마음이었다.

그렇게 문제점을 발견하지 못하고 그들이 슬슬 나갈 채비를 하던 참에 비로소 문제점이 발견됐다. 제이가 옷을 벗기거나 입히려 할 때마다 으르릉 거리면서 본색을 드러낸 것이다.

제이는 옷을 들고 있는 견주의 손을 거칠게 물어버렸다. 그러자 견주는 멋쩍은 듯 웃으며 "옷 입고 벗길 때마다 조금만 물리면 돼요." 하고 말했다. 나는, 견주를 공격하는 반려견의 문제행동은 가장 우선으로 교정이 필요하다고 설명했다. 다행히 견주는 내게 곧장 교정을 부탁했다.

공격성을 가진 반려견, 특히 사람을 공격하는 반려견의 경우 빠른 교정이 필요하다. 반려견은 본인이 가지고 있는 이빨이 얼마나 센지 모른다. 그러다 우연히 사람의 신체 일부를 물었을 때 사람이 "아!" 하고 아파하거나 자신을 피하며 두려워하는 모습을 보이면, 그 순간 반려견은 이겼다고 생각한다. 그렇게 서열이 바뀌는 것이다. 그리고 나면 사소한 일에도 덤비지 말라고 거칠게 짖어댄다. 동물들이 공격하는 건 "난 널 죽일 거야."라는 뜻을 담고 있다. 그래서 공격성을 가진 반려견은 단호한 훈육으로 교정해야 한다.

먼저 초크체인으로 서열을 확인해봤다. 다른 훈육에서와는 달리 공격성을 교정하는 훈육에서는 초크체인을 사용해야 한다. 교정인이 위험할 수도 있기 때문이다. 처음 맨손으로 살짝 스킨십을 시도했는데 반려견의 행동이 거칠었다. 그래서 초크체인을 걸어준 뒤 다시 훈육을 시작했다. 여기서 리드줄은 견주와 반려견의 손 역할을 하기 때문에 반려견이 리드줄을 문다면 내 손을 무는 것과 같다. 하지만 리드줄에 대한 별다른 저항을 하지 않는다면 스킨십과 기다림으로도 교정이 가능하다.

제이는 내가 리드줄을 당기자 곧장 물어버렸다. 그래서 나는 리드줄을 잡고 기다렸다. 제이가 멋대로 행동하려고 나서자 초크체인이 제이의 목을 죄었다. 몇 번 목이 죄이자 제이는 포기하고 나에게로 달려왔다. 이번에 나는 제이한테 "안 돼!"를 알려주었다. 이건 단번에 통하지 않아 견주에게 제이 훈육에 대한 몇 가지 팁을 전하는 것으로 마무리했다.

우선 주의할 점은 안아줘서는 안 된다는 것이었다. 많은 칭찬도 필요하지 않다. 칭찬하면 반려견은 견주의 훈육에 대해 사과하는 것이라고 느낀다. 그렇기 때문에 견주는 단호하게 "이제 날 믿어. 내가 대장이야."라는 분명한 메시지를 전해야 한다. 마지막으로 제이의 옷을 들고 와서 입혀보았다. 세상에 그렇게 순한 양이 없었다. 어떻게 물지 않느냐고 견주도 굉장히 놀라워했다.

사람은 사람의 언어로 이야기를 나누고 소통한다. 그렇다면 우리 반려견들에게는 어떻게 말을 전달해야 할까? 많은 견주들이 사람의 대화법으로만 반려견과 소통하려고 한다. 반려견 역시 반려견의 언어로 사람에게 자신의 의사를 전달하고 있다. 하지만 다른 점이 있다면, 반려견은 사람의 언어를 이해하려 노력한다. 그래서 앉아, 기다려 등 사람의 언어로 전달하는 것들은 제법 알아듣기도 한다.

반면 견주들은 계속 본인의 언어만을 주장하고 있다. 조금만 반려견의 언어로 들어가 보라. 반려견은 견주가 자신의 언어로 대화가 된다는 걸 느끼고 견주를 향한 사랑과 충성심이 더욱 강해질 것이다. 제이에게 나는 이렇게 말했다.

"제이야 걱정하지 마. 네가 너 자신을 지키려고 애쓸 필요 없어. 너보다 강한 건 사람이야. 네가 식량을 찾아 헤매지 않아도 되고 신나는 놀이를 찾지 않아도 돼. 안전한 산책길을 찾지 않아도 된단다. 그리고 이 공간은 위험하지 않아. 너와 견주와의 소통의 시간을 갖기 위해 마련된 곳이야. 난 소통을 돕는 중간 역할을 하는 거란다. 안심하렴."

개들의 언어로 내 말을 다 전하기엔 부족할 수 있었겠지만 내 진심은 이랬다. 이런 나의 진심이 통했는지 제이는 내 말을 잘 따라주었고 견주는 신기한 듯 바라보았다. 나는 당부의 말을 잊지 않았다.

"견주가 리더로서의 역할을 제대로 못하면 제이는 또다시 문제 행동을 할 거예요."

제이에게 옷을 입혔다 벗기기를 몇 번이나 반복하더니 견주는 한결 가벼워진 얼굴이 되었다. 그렇게 까로맘에서 그들은 신나는 주말 저녁 시간을 보냈다.

그로부터 며칠 뒤 제이네가 여행을 다녀왔다며 맛있는 선물을 들고 다시 까로맘을 방문했다. 그러더니 당혹스런 얼굴로 이렇게 말했다.

"제이가 이제 초크체인을 매면 물어요!"

그래서 난 직접 제이를 안고 초크체인을 매보았다. 하지만 웬걸! 제이는 너무 순하게 몸을 맡겼고 초크체인을 매고도 무슨 일이 있었느냐는 듯 얌전히 날 바라봤다. 제이 견주는 억울한 표정이었다.

"얘 뭐야? 안 무네?"

견주의 말과 달리 제이는 가게에 들어가서도 무척이나 얌전히 놀다 갔다. 이처럼 견주의 역할을 제대로 해주지 못할 때 반려견들은 다시 바뀐다. 어떻게 바뀔지는 알 수 없다. 반려견은 어쩌면 배신감이 들었을지 모른다. 견주로서, 리더로서, 우두머리로서 지켜주겠다고 약속하더니 지키지 않은 것 아닌가.

반려견의 입장에선 자신을 스스로 지키기 위해 저지른 행동일 것이다.

　반려견은 우두머리를 보고 배운다. 그런데 우두머리가 제대로 행동하지 못하면 반려견은 스스로 우두머리 역할을 하게 된다. 견주가 나약하고 소극적이고 변덕이 심하다면 반려견은 매일 매시간 불안에 떨게 된다. 반려견에게 그런 불안감을 주고 싶지 않다면 우두머리로서 어떻게 행동해야 하는지를 고민해봐야 한다.

초크체인이란 반려견을 아프게 하는 목줄이 아닌 생각하게 하는 목줄이다. 산책할 때 초크체인을 목에 두른 개를 보며 어떤 이들은 불쌍해하는 시선을 보내기도 한다. 하지만 그건 단지 사람의 생각에 불과하다.

막상 초크체인을 목에 걸고 산책하는 반려견은 '아프다'라는 생각보다 '산책이다! 산책이야! 신난다!'라고 생각할 뿐이다. 초크체인을 목에 걸고 산책할 때 견주보다 앞서 걸어간다면 자연스럽게 목이 졸려 갑갑함을 느끼게 된다. 그럼 반려견은 뒤로 물러나 걷는다. 목이 편안한 상태로 걸으려는 본능이다.

사람을 공격하는 반려견을 훈육할 때 초크체인을 둘러 견주의 말에 집중할 수 있도록 사용하기도 한다. 그럼 반려견은 공격을 멈추고 본인에게 전하려는 견주의 이야기에 집중하게 된다. 초크체인을 통해 반려견에게 생각할 기회를 줘보는 게 바람직하다.

반려견의
출산

반려견, 특히 암컷에게 있어서 출산이란 견주에게 새로운 경험을 할 수 있게 해주고 견주와 반려견 간의 더욱 진한 애정이 쌓이게 되는 과정이기도 하다. 까꿍이와 로시의 출산을 경험하며 그로 인해 행복한 일도 많았지만 실수도 어려움도 많았다. 그래서 나와 같은 실수를 하는 견주가 없었으면 하는 바람에서 이 글을 써보고자 한다.

먼저 나의 큰 실수는 모견과 자견을 함께 키웠던 것이다. 동물들에게는 독립의 시기가 있다. 그런데 간혹 새끼가 예쁘다고 모견과 함께 키우는 경우가 있다. 이러면 어미의 모성애가 점점 강해져 모견이 난폭해지는 경우도 있다.

어느 날 까로맘 아르바이트생이 이런 이야기를 했다.

"사장님 친구네 개가 사람을 문데요. 어떻게 고치죠?"

"데리고 와봐"

그 다음 주 주말 아르바이트생 친구와 어머님이 함께 카페를 방문했다. 나는 단순히 반려견의 난폭성에 대해서만 얘기를 들었는데, 문제는 다른 데 있었다. 그 반려견은 출산을 한 지 몇 달 되지 않은 모견이었다. 원래는 그러지 않았는데 새끼를 출산한 뒤 난폭해져서 급기야 새끼 두 마리를 잡아먹은 일까지 있었다고 전했다. 자초지종은 이러했다.

하얀 포메라니안이었던 반려견은 네 마리의 새끼를 임신한 상태였는데, 견주도 반려견도 경험이 없어 아무런 출산 준비를 하고 있지 않았던 것이다. 출산을 혼자 시작한 반려견은 어두컴컴한 침대와 벽 사이 먼지구덩이 속에서 건강한 네 마리의 반려견을 출산했다. 그 시간 집으로 돌아온 가족들은 먼지구덩이에서 출산한 반려견을 발견하고 이내 거실 쇼파 옆에 편하게 자리를 펴준 뒤 옮겨왔다고 했다.

그런 뒤 출산견을 위해 미역국을 끓이고 있던 중에 이상한 소리가 들려 새끼들에게 가 보니, 모견이 새끼 두 마리를 잡아먹고 또 한 마리를 죽이려 하고 있었다. 깜짝 놀란 견주는 모견에게 잡아먹힐 뻔한 새끼 한 마리를 데리고 나와 분리해두었다고 했다.

나는 무엇이 이 모견을 그토록 난폭하게 만들었는지 설명해주었다.

🐾 출산예정일을 계산 못한 견주의 잘못

🐾 출산이 임박했음에도 출산 장소를 꾸며주지 못한 견주의 잘못

🐾 출산일에도 모두 다 외출을 했던 견주의 잘못

🐾 어미견이 선택한 곳을 무시하고 사람들이 많이 다니는 거실 한복판에 출산 장소를 다시 정해준 견주의 잘못

이런 문제점들이 모견을 난폭하게 만들었고, 결국 새끼 강아지들을 지켜주지 못한 결과를 낳은 것이라고 설명했다.

출산예정일은 마지막 교배일로부터 63일 후로 계산하면 된다. 예정일에는 되도록 외출을 삼가는 것이 좋다. 그리고 출산 징후가 미리 보이기 때문에 출산을 예상할 수 있다. 또한 산실을 한 달 전에 미리 꾸며주어야 모견이 안심하고 새끼를 출산할 수 있다. 모견이 생각하기에 새끼들을 전부 키울 수 없을 것 같아 세 마리를 죽이고 한 마리 건강한 새끼만 남겨두었던 것이다. 이것은 본능이기 때문에 어쩔 수 없는 어미견의 선택이었다.

결국 견주의 무지함이 새끼를 죽음에 이르게 했다고 볼 수 있다. 어미에게서 억지로 떼놓은 한 마리는 모견의 젖을 먹을 수가 없었다. 그래서 인공포유를 시작했고 선택받은 반려견만이 어미의 모유를 먹으며 건강하게 자라나주었다. 이 두 마리의 새끼 중에 한 마리는 분양을 가고 한 마리는 모견과 함께 키우고 있다고 했다.

나는 모견과 자견을 절대 같이 키우지 말라고 조언했지만 그들에게 쉽게 받아들여지지 않았다. 결국 한 마리의 새끼를 지키려는 모견은 점차 난폭해지기 시작했고, 자견 또한 모견을

따라 미친듯이 짖어대는 버릇을 들이게 된 것이다. 나 역시 로시가 새끼견과 함께 있으면서 난폭해졌던 모습을 봐왔기 때문에 최선을 다해 설명하고 자견을 다른 곳으로 보내라고 권했다. 그러나 선택은 결국 견주의 몫이다.

반려견의 임신, 출산, 산후 관리

교배 시기

보통 교배는 두 번째 생리 후에 해주는 것이 바람직하다. 첫 번째 발정 때 교배를 하면 아직 어린 반려견이기 때문에 새끼를 돌보지 않을 확률이 높다. 먼저 자견이 교배에 성공했다면 3주 후부터 유선이 발달하고 때로는 입덧을 하는 반려견도 있다. 한달 뒤 병원을 방문해 초음파를 보면 임신 유무를 확인할 수 있다.

출산예정일

임신이 확정되면 반려견의 출산예정일부터 파악해야 한다. 예정일은 통상 교배일로부터 58일에서 65일 사이로 잡는다. 이렇게 7일 이상 차이가 나는 것은 수정이 언제 일어났는가에 따라 달라지기 때문이다. 교배일에 바로 수정이 된다면 58일에 나오는 것이고, 5~6일 후에 수정이 된다면 당연히 그만큼 출산일이 늦어지는 것이다. 출산이 가능한 일주일 동안은 언제든 출산할 수 있도록 준비해야 한다.

견주의 출산 준비

출산을 앞둔 한달 전부터는 어두운 산실을 마련해줘야 한다. 야생들개는 땅굴을 파서 그 안에 새끼를 낳는데, 그 습성이 남아 있는 반려견 또한 어두운 곳을 찾아다닌다. 새로운 보금자리에 적응할 시간까지 고려해서 미리 산실을 만들면 심리적으로 안정될 것이다. 산실은 사람들의 출입이 적고 조용한 곳이 적합하다. 사람들이 많이 다니는 거실에 산실이 있으면 산모견이 불안함을 느껴 새끼를 낳자마자 잡아먹기도 한다. 산실은 종이 박스에 신문지를 깔아놓는 정도면 된다. 신문지는 습기를 머금어 쾌적한 환경을 만들어준다. 출산하는 곳의 온도는 출산 후 1주일간은 29도 정도가 적당하고, 차차 온도를 내려 출산 6주 뒤에는 22도까지 내려준다. 그 외 출산을 준비할 때 필요한 것은 명주실, 가위, 소독약, 수건, 드라이기 등이 있다.

출산 징후

반려견의 출산예정일이 다가왔을 때 2~3일 전부터 체온을 측정해야 한다. 보통 출산 18시간 전에 어미개의 직장 체온은 39.2도에서 37.5까지 떨어진다. 직장 체온에 변화가 없다고 해서 출산이 멀었다고 생각하면 안 된다. 어미개는 출산 24시간 전부터 식욕을 잃는다. 그리고 땅을 파거나 바닥을 긁는 등의 행동을 보인다.

출산 과정

출산 초반에는 자궁이 수축되고 질은 이완된다. 그러다 점점 자궁 수축력이 증가하여 새끼가 밖으로 나오게 된다. 출산은 보통 누워서 하지만 간혹 일어서서 출산하는 경우도 있다. 또한 출산 도중 구토를 하는 경우도 있다. 시간이 흐르면 질 밖으로 새끼가 나오면서 양수가 터진다. 양수는 보통 노란색 또는 담황색의 액체다. 정상적으로는 양수가 터진 후 몇 분 안에 강아지가 질 밖으로 나온다. 새끼가 나온 후에 짙은 녹색의 액체가 나오는데 이것이 새끼보다 먼저 나올 수도 있다.

새끼가 밖으로 나오면 어미는 자연스레 새끼를 핥아서 이물을 제거해준다. 탯줄도 스스로 끊는 것이 보통이다. 이렇게 정상적으로 출산이 일어나면 사람은 특별히 개입하지 않아도 무방하다. 하지만 어미가 계속해서 새끼를 낳느라 밖으로 나온 새끼에게 신경을 쓰지 못하는 경우엔 사람의 도움이 필요하다. 우선 새끼를 덮고 있는 얇은 막을 제거해 새끼가 숨을 쉴 수 있도록 하고, 탯줄을 자른 곳을 묶어 출혈을 막아줘야 한다. 탯줄은 배꼽에서 약 1센티 정도 위치에 소독된 명주실로 묶어주고, 묶은 부위를 희석한 포비돈으로 소독해줘야 한다. 새끼를 출산하고 나면 탯줄이 밖으로 나오게 된다. 보통은 이를 어미가 모두 먹는다. 그런데 너무 많은 탯줄을 섭취하면 설사를 유발하므로 적당량은 치워버리는 게 좋다.

세상에 나온 새끼들은 어미 품으로 가서 초유를 먹어야 한다. 이는 면역 형성에 매우 중요하고 어미의 자궁수축을 위해서도 필요하다. 다만 초유를 먹인다고 너무 오랜 시간 어미 곁에 두지는 말아야 한다. 초유 먹는 새끼를 챙기느라 뱃속에 있는 새끼들은 포기해버리는 상황이 발생할 수 있기 때문이다. 자궁수축이 왔을 때 젖을 물고 있는 새끼는 분리해야 한다. 새끼들은 보통 15분에서 한 시간 안에 나오는 것이 정상이다. 그런데 한 시간이 지나도록 뱃속에 새끼가 있다면 이건 위급 상황이므로 급히 동물병원에 가야 한다. 이처럼 출산은 변수가 많은 위험한 과정이다. 그러니 근처에 24시간 동물병원의 위치를 항상 파악해두는 것도 바람직하다.

초유의 중요성

초유는 충분히 먹이는 것이 좋다. 대부분의 어미견들은 자견들에게 충분히 젖을 물리지만 그렇지 않은 경우도 종종 있다. 처음 출산을 경험한 어미견은 자견들 때문에 자신이 아팠다고 생각하고 돌보지 않는 경우가 있다. 그럴 땐 견주가 옆에 붙어서 강제로 젖을 물리는 것이 어미견에게도 자견에게도 좋다. 젖을 물리다보면 호르몬이 정상적으로 분비되면서 모성이 생기기도 한다.

자견들 체온관리

출산 후 보통 1~2주안에 자견들의 생존이 결정된다. 견주는 자견들의 체온이 떨어지지 않게 관리해줘야 한다. 자견들이 어미견과 같은 체온이 될 때까지는 약 40일 정도가 걸린다.

어미견 산후조리

사람과 마찬가지로 출산 후에는 뼈가 가장 약해지니 뛰어다니는 것에 주의해야 하고 닭고기, 돼지고기, 오리고기, 황태, 참치 등 단백질이 많이 든 음식 섭취가 좋다. 새끼들이 걱정돼서 화장실조차 가지 않는 어미견도 있다. 이럴 땐 하루에 한 번씩 강제로 화장실에 데리고 가야 한다. 배설을 마치고 새끼가 있는 집으로 돌아갔을 때 새끼들에게 아무 일도 일어나지 않았다는 걸 반복적으로 확인하고 나면 불안함 없이 화장실에 갈 수 있게 된다.

모유를 주는 시기에는 수분이 많은 음식이 좋다. 물 대신 단백질이 많이 포함된 돼지족 국물이나 북어국물을 주는 것도 어미견에게 좋다. 또한 이빨이 많이 약해져 있으므로 딱딱한 음식은 피해야 한다.

어미견의 건강관리

출산 후 길게는 2주까지 외음부에서 분비물이 나오는 경우도 있다. 수건을 미지근한 물에 담갔다 짠 뒤 외음부 주위를 닦아주어야 한다. 젖샘 관리도 중요하다. 젖샘의 응어리가 뭉치거나 열이 나지 않도록 수건을 40도 정도의 끓인 물에 담갔다 짠 뒤 젖을 마사지해주어 모유를 짜낸다. 능숙하지 않으면 어미견이 고통스러워 할 수 있으니 주의해야 한다.

모유 상태 체크

모유가 충분히 나오는지 확인하자. 젖양이 부족하면 강아지용 분유를 먹여줘야 한다. 자견들이 충분히 모유를 먹고 있는 경우 작은 귀가 실룩실룩 리듬에 맞추어 움직이고 작은 꼬리를 흔들며 흡족한 표현을 한다. 모유의 상태가 나쁠 때는 자견이 앞발로 젖샘을 주무

르는 것 같은 행동을 한다.

강아지가 정상적으로 모유를 먹고 있다면 매일 체중이 약 10%씩 늘어난다. 생후 2주까지 매일 2회 정도 정해진 시간에 체중을 달아 모유를 충분히 먹고 있는지 확인해야 한다. 체중이 늘지 않는 자견의 경우 모유 때문이 아니라 자견의 구강구조의 문제일 수도 있다.

수유를 시작하고 3주가 지나면 모견이 젖을 물리지 않으려고 도망다니는 행동을 보인다. 이때 자견에게 이유식을 시작하면 된다.

자견의 이유식 준비

신생자견 전용사료를 물에 충분히 불려 강아지용 분유와 섞어 먹이는 게 좋다. 생후 6주가 되면 강아지의 성장에 필요한 영양분의 25%는 이유식으로 섭취하게 된다. 생후 7~8주가 되면 분유를 뺀 이유식만 준다. 물에 완전히 불려주던 사료는 조금씩 불리는 시간을 줄여 씹을 수 있게 해준다.

어미견의 이상 증상

어미견은 출산 후에 드물게 자궁탈, 산욕테타니, 저칼슘증, 젖샘응어리 등으로 고통받을 수 있다. 출산 후에 어미견이 구역질이나 설사를 하거나, 호흡이 안정되지 않거나, 몸의 떨림이 있고 경련을 일으킨다면 동물병원에 즉시 데려가야 한다. 출산 후 1~2주일이 지나도록 음부의 분비물이 계속될 경우, 출혈이나 녹색 고름 같은 분비물이 나오는 경우는 병원에 가야 한다.

까로맘
컴플레인

애견카페 까로맘을 운영하는 동안 즐겁고 좋았던 일만 있었던 것은 아니다. 그래서 이번 주제는 애견카페를 운영하며 겪은 컴플레인에 대해 이야기하고자 한다.

첫 번째 일화

아직도 그날의 기억이 생생하다. 하얀 패딩을 입은 약간은 까칠해 보이는 여자 손님이었다. 오른손엔 명품백, 어깨에는 고가의 반려견 이동가방을 멘 손님이 카페 문을 열었다. 반려견은 견주의 하얀 패딩 속에 숨어 있었다. 셔틀랜드쉽독 두 마리가 마중을 나가자 하얀 패딩을 입은 손님은 언짢다는 표정이었다. 차 한 잔을 주문한 손님은 이내 내 마음을 아프게 하는 말을 하셨다.

"여기 개들 좀 치워주세요."

"네?"

"우리 애기가 무서워하니까 큰개들 좀 치워달라고요."

나는 테라스 쪽에 울타리를 치고 까꿍이와 로시를 내보내면서 너무 서러웠다. 손님이 아끼는 포메라이안만큼 내게도 소중한 존재들이 저 울타리로 쫓겨난 것이다. 그리고 생각했다. 나도 애견카페를 놀러가게 된다면 저렇게는 행동하지 말아야겠다고 말이다.

40대 중반의 아주머니였다. 아주머니는 말티즈와 푸들이 믹스된 반려견을 데리고 오셨다. 마치 비숑프리제처럼 하얀 털이 유난히 복슬거렸다. 너무 예뻐 그 반려견에게 푹 빠져 바라보고 있자니 폭풍 잔소리가 시작되었다.

처음 시작된 잔소리는 가게 안 음악소리가 너무 시끄럽다는 것이었다. 그때 흘러나오던 음악은 잔잔한 재즈연주였다. 반려견은 청각이 예민한데 이게 지금 제정신이냐면서 기본적인 애견상식도 없는 사람을 대하듯 나무라셨다. 그 손님의 설교는 여기서 그치지 않았다. 카페견들이 매우 비만하다면서 나의 몰상식함까지 주장하셨다.

나의 몰상식한 행동을 고치려면 당시 판매 중이던 타르트 메뉴부터 없애라고 하셨다. 카페견의 애교에 녹아 손님들이 타르트를 조금씩 떼주곤 하셨는데 그런 것들이 카페견들을 비만하게 만들었다는 것이다. 손님이 지적한 몰상식함에서 벗어나려 현재 까로맘에는 타르트 메뉴가 없다.

세 번째 일화

카페견들은 테이블 위나 의자 위, 견주의 품속에 있는 반려견들을 보면 서열을 잡고 싶어서 혹은 어떤 친구들이 왔는지 궁금해서 점프를 하며 달려든다. 하지만 대부분의 반려견들은 큰개가 얼굴을 들이밀면 겁부터 낸다. 그래서 카페견들이 반려견과 바로 만날 수 없도록 카페 내에 울타리 4개를 설치해 전부 그 안에 넣어두었다. 이렇게 한 건 큰개들을 피해 의자 위에 반려견을 올려두는 손님들의 행동을 막고자 하는 이유도 있었다. 반려견을 의자 위에 두면 꼭 소변을 누는 애들이 있어서 늘 바닥에 내려와 달라고 견주께 부탁을 드렸다.

"테이블이나 의자 위에 두면 쉬야를 해서 방석을 버릴 수도 있어요. 제가 확인을 잘 못하고 다음 손님이 앉아버리시면 저는 세탁비까지 물어드려야 해요. 의자 위에 올려둔 아이가 쉬야를 하면 세탁비를 지불하고 가셔야 합니다. 강아지는 바닥에 내려놔주세요."

하지만 많은 손님들이 "우리 개는 실내에서는 쉬 안 해요"라고 말한다. 그러면 더 이상 참견하지 못하고 부디 아무 탈 없기를 바랄 뿐이다. 그런데!

"어머어머! 얘, 왜 이러지? 야! 너 왜 여기다 쉬했어!"

나는 올 것이 왔구나 싶었다. 이미 축축해진 방석을 뒤로 하고 손님은 미안하다며 급히 짐을 싸서 자리를 떠나셨다. 나는 너무 속상했다. 손님도 잃고 방석도 잃었다. 저렇게 불편한 마음으로 떠나버린 손님은 영영 돌아오지 않기 때문이다.

실내에서 배변과 배뇨를 안 한다는 견주의 확신은 잘못된 부분이다. 반려견에게는 집이 아니고서는 모든 곳이 밖이다. 애견카페는 신발을 신고 다니고, 바닥에 사람들이 앉아있지도 않으니 배변 규칙이 있는 실내라고 생각하지 않는 게 당연하다. 더구나 강아지 오줌 냄새도 많이 나니 배변욕구를 일으키는 곳이 분명하다. 집에선 절대 실수하지 않는다고 하더라도 이곳에선 다를 수 있다.

네 번째 일화

애견카페에서도 먹거리는 빠질 수 없는 부분이다. 처음 까로맘에서는 식사와 타르트를 함께 판매하고 있었다. 당시 손님들이 타르트나 식사로 나온 음식을 자꾸 카페견에게 주는 바람에 여기저기 경고판을 붙여놨다. 서빙할 때도 잊지 않고 카페견들에게 사람 먹는 음식은 절대 주지 말라고 신신당부를 하며 강아지 사료를 한 컵씩 드리기까지 했다.

그럼에도 불구하고 모든 경고를 무시한 채 일을 저지르는 분이 있었다. 초코타르트를 드시던 한 손님이 남은 타르트를 통째로 카페견들에게 던져줬던 것이다. 나는 너무 당황한 나머지 왜 드시던 타르트를 개들에게 주냐며 화를 냈다. 그러자 손님은 더 당당한 말투와 표정으로 이렇게 말했다.

"맛있어서 좀 줬어요! 이렇게 달라고 하는데 어떻게 안 줘요? 뭐 이런 이상한 데가 다 있어! 그럼 손님이 식사할 때 개들을 치우던가!"

그러고는 자리를 박차고 나가셨다. 그날 나는 밤새 토하다가 결국 피까지 토하는 까꿍이를 붙잡고 한참을 울었다. 다음날에도 병원에 가서 수액을 맞추고 고생하는 까꿍이를 지켜봐야했다.

본인의 반려견이 소중하고 예쁜 만큼 나에게도 까꿍이와 로시, 리코와 심바는 너무도 소중하고 사랑스러운 반려견이다.

반려견과 가족이 되기 위한
10가지 원칙

1. 반려견들이 먹어선 안 되는 음식 이해하기

대표적으로 초콜렛, 우유, 건포도, 양파 등이 있다. 특히 양파의 티오설페이트 성분은 강아지의 적혈구를 공격하고 파괴하기 때문에 주의해야 한다. 이처럼 반려견들이 먹어선 안 되는 음식을 외우는 것도 중요하지만 그 이유에 대해서도 알아두는 게 현명하다.

2. 예방접종은 필수

생후 45일이 지나면 첫 접종을 시작할 수 있다. 그렇게 2주 간격으로 6차 접종을 마치고, 1년에 한 번씩 보강접종을 해야 한다. 접종 목록으로는 종합백신, 코로나장염, 켄넬코프, 광견병, 인플루엔자이다. 반려견의 건강을 생각한다면 예방접종은 필수다.

3. 적당한 자유가 필요하다

애견 카페나 공원을 산책하는 중에 흔히 볼 수 있는 풍경 중 하나는 견주의 계속되는 간섭이다. "물 먹어!" "간식 먹자!" "밥 먹자!" 반려견을 위한 일이라고 생각하지만 반려견을 괴롭히는 일이다. 놀러왔으면 신경 쓰지 말고 반려견에게 적당한 자유를 허락하자.

4. 규칙적인 습관을 없애라

규칙적인 시간에 규칙적인 행동을 학습시키는 게 반려견에게 좋다고 생각하는 견주가 많다. 그러나 그건 어디까지나 인간의 생각일 뿐이다. 규칙적인 반복 행동은 반려견에게 스트레스일 뿐이다.

5. 하네스(가슴줄) 잘 알고 사용하기

하네스는 원래 특수 견종을 위해 만들어진 목줄이다. 복종교감이 되어 있지 않은 반려견에게 하네스는 공격성을 두드러지게 할 수 있다. 그러므로 복종 훈련이 된 상태에서 착용하는 것이 바람직하다.

6. 이빨을 드러내게 하지 마라

모든 반려견들은 인간에게 위협적인 강력한 이빨을 가졌다. 인간과 함께 생활하기 위해서는 가장 우선적으로 복종 훈련이 필요하다. 복종 훈련이 된 반려견이라면 그 어떤 상황에서도 견주를 무는 일은 없다.

190

7. 반려견을 위한 최소한의 배려

반려견이 혼자 있을 때 집 안을 엉망으로 만들어놓는다면, 이렇게 해보라. 퇴근 후, 외출 후 집에 오자마자 무조건 반려 견을 데리고 산책을 나가는 것이다. 단 5분도 좋고, 10분도 좋다. 반려견은 그 시간을 위해 하루 종일 얌전히 당신을 기다릴 것이다.

8. 반려견이 당신에게 등지고 짖는다면 적신호

간혹 주인을 지키려고 짖고 있다며 칭찬하는 견주가 있다. 하지만 이건 견주를 무시하는 행동이며, 반려견이 상당히 스트레스를 받고 있다는 증거이기도 하다. 이럴 땐 서둘러 제압 해야 한다. 그러면 반려견은 견주를 믿고 얌전해질 것이다.

9. 다른 강아지들이 있는 장소에 들어갈 때 절대 안지 마라

애견카페 등 다른 강아지들이 있는 장소에 반려견을 안고 들 어가면 다른 반려견들의 표적이 된다. 견주에게 안긴 반려견 은 눈높이가 달라지는데, 그건 높은 서열을 차지하는 것과도 같다. 때문에 다른 반려견들에게 무언의 압박을 받게 되면서 안절부절 못하고 불안해한다. 그것은 반려견을 보호하는 행동이 아니니 무조건 바닥에 내려놓아야 한다.

10. 자유급식은 견주와의 교감을 방해한다

밥 먹는 시간은 견주와 최고의 교감시간이다. 식사시간이 되면 반려견들은 맛있는 음식을 주는 견주를 바라보며 당신은 최고의 사냥꾼이라고 생각한다. 반려견이 견주에게 더 충성하고 복종하게 만드는 이 귀한 시간을 허비하지 말자.

반려견과 가족이 되기 전
체크할 것들

반려견은 10년 이상 가족의 울타리에서 함께 살아야 하기 때문에 반려견을 맞기 전에 신중하게 고민해보기를 권한다. 귀엽고 사랑스러운 모습에 마음을 뺏겨 덜컥 집에 데려왔다가 반려견과 견주 모두가 힘든 시간을 보내는 경우도 흔하다. 애완동물을 관리한다는 것은 상당한 수고를 요한다. 즐겁고 행복한 시간을 상상하기보다, 아래의 좀 더 현실적인 사항들을 떠올리며 끝까지 책임질 수 있는지, 감당할 수 있는지 여러 번 반문해보자.

첫째, 마음의 준비가 되었는가

　세상에 노력 없이 저절로 되는 일은 없다. 반려견을 키운다는 건 어린아이를 돌보는 것과 비슷하다. 아무 거나 주워먹지 못하게 하고, 함부로 물건을 만지지 못하게 하고, 때마다 끼니를 챙겨야 하고, 목욕을 시켜야 하며, 시기에 맞춰 예방접종을 시키고, 병이 나면 병원에도 데려가야 한다.

　반려동물과 함께 생활하며 정서적 안정, 스트레스 해소, 나만 바라보는 친구, 소외감 극복 등 얻을 수 있는 여러 장점이 있다. 하지만 이런 장점을 얻기 위해서는 끝없는 애정과 보살핌이 필요하다. 단순한 호기심으로 분양받았다가 파양하는 경

우, 반려견에게는 평생의 상처를 남기게 될 수도 있다. 늙거나 병들어도 끊임없는 애정으로 돌봐줄 마음가짐이 필요하다.

둘째, 내가 사는 환경에 적합한가

좁은 아파트에 살고 있는데 초대형견을 분양받는다면 견주도 반려견도 행복하지 않을 것이다. 많은 반려견들이 아파트에 살고 있다. 그만큼 공동 생활을 하는 주민들의 항의도 많이 받는다. 반려견이 짖는 소리, 배변 문제 등의 이유로 반려견을 파양하는 경우도 흔히 발생한다. 따라서 아파트와 같은 공동주택에 살고 있다면 더 많은 문제점들을 껴안을 자신이 있는지 고려해봐야 한다.

셋째, 경제적으로 감당할 수 있는가

요즘은 강아지 한 마리의 분양가가 100만 원을 호가하는 경우가 많다. 시장에 가서 1~2만 원 주고 강아지를 데리고 오는 시절과는 차원이 달라졌다. 그런데 강아지의 분양가는 시작에 불과하다. 반려견을 가족으로 들이고 나서부터는 계속 돈 쓸 일이 생겨난다. 사료, 패드, 장난감 등을 지속적으로 사야 하고, 의료비과 미용비도 주기적으로 필요하다. 미국의 통계를 예로 들어보자면, 소형견 한 마리의 연간 관리 비용이 평균 25~62만 원 정도라고 한다. 이 비용을 충분히 감당할 수 있을지 고민해봐야 한다.

넷째, 함께 보낼 시간이 충분한가

반려동물을 분양하려는 목적과 계기는 다양할 것이다. 자녀의 정서 함양을 위해서, 노년의 적적함을 달래려고, 또는 우연치 않게 선물을 받아 기르게 된 경우도 있다. 그 과정이 어떻든 함께 살아가기 위해서는 다양한 노력과 시간이 필요하다. 새나 물고기를 기르는 것과 다르게 반려견과 생활하기 위해서는 시간을 얼마나 투자할 수 있는지 따져봐야 한다. 반려견은 하루에 1회 이상 산책시키는 게 좋은데, 이는 운동과 스트레스 해소를 위해서다. 만약 운동을 시킬 만한 시간적 여유가 없다면 반려견을 가족으로 맞아들이지 않는 게 낫다.

하루에도 아주 많은 반려동물이 새로운 가족을 만날 것이다. 그 만큼 여러 가지 이유로 가족을 잃는 동물들도 많다. 기쁠 때나 슬플 때나 한결같이 가족으로 품을 각오가 될 때까지 고민하고 또 고민하길 권한다.

까로맘
단골손님

까로맘 이야기를 쓰다 보니 그간 까로맘에 오셨던 수많은 단골손님들이 기억난다.

　🐾 여자친구를 데리고 왔다가 헤어지고 나면 다시 방문하기 싫을 것 같다며 아무도 소개하지 않던 손님이 있었다. 물론 그분은 아직도 까로맘의 단골이다. 이렇게 까로맘을 본인의 아지트로 삼고 싶어 하는 분들이 많아지면서 홍보는 자연스럽게 단절되었고 까로맘은 폐업의 위기까지 겪었다.

　🐾 까로맘의 반려견은 총 네 마리이다. 까꿍이, 로시, 리코, 장비 모두 셔틀랜드쉽독이고, 그 중 장비는 로시의 딸이다. 어느 날 시골에 가기 위해 평소 까로맘의 반려견들을 좋아하는 손님들에게 한 마리씩 호텔을 부탁했다. 당시 장비를 너무 좋아하던 오빠에게도 부탁했다. 시골 가기 일주일 전부터 장비를 데리고 있겠다고 하더니, 시골을 다녀와서 일주일 후에 데려다 주겠다고 하더니, 한주 한주 미뤄져서 현재 장비의 보호자가 되었다. 장비는 그 오빠와 지금도 행복한 나날을 보내고 있다.

🐾 두 마리의 유기견을 반려견으로 키우고 있던 언니가 매주 까로맘에 방문했었다. 나이가 어느 정도 있었던 반려견이었기 때문에 힘든 시간도 옆에서 지켜봐왔다. 매주 언니는 내 안부를 물어봐주었고, 한주 동안 카페견들이 잘 있었는지 체크도 해주고, 심지어 산책도 가끔 시켜주었다.

그렇게 얼마나 시간이 흘렀을까. 어느 날부터 언니는 까로맘에서 조용히 사라졌다. 그리고 또다시 시간이 흘러 언니가 나타났다. 반려견 한 마리가 하늘의 별이 되었다고 담담하게 이야기했다. 가족들 품에서 조용히 별이 되었다고. 언니의 안부를 묻지 않았던 것에 난 너무 미안했다. 그 언니는 지금도 매주 주말 까로맘을 찾아오고 있다. 비가 와도, 눈이 와서 골목이 빙판길이 되어도 언니는 까로맘에 방문하고 있다.

🐾 "애견카페는 삼청동이 최고야!" 하고 엄지척을 들어준 언니가 있다. 갸날픈 몸에 하얀 얼굴을 가진 언니. 그 언니의 첫인상은 어딘가 아픔이 있어 보였다. 언니는 오전이고 오후고 상관없이 와서 까꿍이와 산책을 즐기고, 까꿍이가 좋아하는 과일들을 싸와서 주곤 했다. 힘들어 보였지만 영문을 몰랐던 나는 시간이 많이 흐른 어느 날 같이 산책을 하다 이야기를 들

었다. 할머니가 돌아가셨는데 그 뒤로 마음의 문이 닫혀 가족들과도 대화하지 않고 지냈다고 했다. 그러던 어느 날 까로맘이 생각이 나서 왔고, 까꿍이가 언니의 마음을 위로해주는 느낌을 받았다고 했다. 그래서 언니는 힘이 들 때면 까로맘에 와서 힐링을 받고 간다고 이야기했다. 이렇게 마음의 상처까지 치료할 수 있는 카페를 가지고 있다는 생각에 뿌듯했다. 지금은 귀여운 조카가 생겨서 바쁜 날들을 보내고 있는 언니에게 늘 고맙다고 이야기하고 싶다.

🐾 까꿍이는 관종이다. 산책하다 누군가 "이쁘다!" 하고 말하면 꼭 뒤를 돌아볼 정도로 관심받기를 좋아한다. 까꿍이는 TV에 출연한 경력이 많다. 그때는 '슈퍼독'이라는 프로그램에 출연한 지 얼마 되지 않았을 때였다. 어느 날 전화가 왔다. 카랑카랑한 목소리의 남자분은 "슈퍼독에 출연했던 까꿍이가 있는 애견카페 까로맘 맞나요?" 하고 물었다.

전화를 끊은 지 30분도 지나지 않아 키가 엄청 큰 남자분과 그의 어머님이 가게로 방문하셨다. 어머님은 아들에게 신신당부를 하며 들어오셨다

"작게 이야기하고! 우린 30분 있다가 가는 거야! 알겠지?

응? 알겠지?"

아들은 귀찮다는 듯이 "알겠어, 알겠어!" 말했다.

아들은 곧장 나에게 와서 '슈퍼독' 몇 회차에 까꿍이는 어떤 포즈를 취하고 있었으며, 내가 탈락한 시점과 방송날짜, 그리고 내가 무슨 말을 했었는지, 까꿍이는 어떤 행동을 했는지까지 상세히 기억해내며 이야기를 했다. 너무 귀여운 스토커였다. 그 친구는 까꿍이의 애교에 녹아내린 듯 보였다. 그 친구는 시간이 많이 지난 지금도 전화로 카랑카랑한 목소리를 자랑하며 단골 한 자리를 차지하고 있다.

🐾 손님 두 팀이 만나 결실을 맺은 경우도 있었다. 물론 사람이 아니고 반려견들끼리 말이다. 너무나 예쁜 웰시코기가 자주 오던 작고 귀여운 수컷 웰시코기와 사랑을 해서 지금 다섯 마리의 꼬물이들이 탄생했다. 예쁜 엄마 얼굴과 작은 아빠 사이즈를 닮은 아이부터, 작고 귀여운 아빠얼굴과 큰 엄마 사이즈를 닮은 아이도 있었다. 지금은 각자 분양간 곳에서 행복하게 자라고 있다. 그 모습을 보면 시간이 정말 빨리 가고 있다는 것이 새삼 느껴진다.

🐾 까꿍이와 로시만 있었던 시절, 가게 앞엔 타르트 시식 코너가 있었는데 한 언니가 타르트 시식을 먹어보고는 까로맘을 방문했다. 그 언니는 개를 너무 무서워했던 사람이라 까꿍이가 무서워서 가게에 잘 들어오지도 못했다. 그렇게 여러 번 방문하다가 드디어 까꿍이의 애교를 보는 순간 언니는 용기를 내 까꿍이를 만져보았다. 그리고 생각보다 귀여운 행동을 하는 까꿍이에게 반해서 까꿍이 새끼를 분양받아갔다. 그게 약 6년 전 일이고 지금 그 언니는 9마리의 강아지와 2마리의 고양이와 함께 살아가고 있다. 내가 하는 일이라면 멀리서도 달려와주는 언니 덕분에 너무 고맙고 든든하다.

🐾 외국인 손님도 있었다. 어느 더운 여름 일본 여자분과 한국 남자분이 방문해주셨다. 일본에서 온 언니의 이름은 유카리였다. 유카리는 눈에서 까꿍이를 떼지 못하고 계속 만지고 있었다. 유카리는 일본에서 셔틀랜드쉽독을 키웠다고 했다. 그 반려견의 이름은 켄. 13년 되던 해 위암이 발병해서 1년도 더 살지 못하고 하늘의 별이 되었다고 했다. 유카리는 다시 한 번 켄과 함께 산책할 수 있다면 소원이 없겠다고 했고, 우연히 까로맘이 소개된 잡지를 발견하고 그곳에 켄과 똑같이 생긴

까꿍이를 찾았다고 했다. 무조건 까꿍이를 봐야겠다라는 생각에 한국을 방문했고, 그 뒤 한달에 한 번씩 까꿍이를 보러 일본에서 한국에 있는 까로맘까지 방문하고 있다. 유카리는 켄이 입었던 옷가지를 들고 와서 까꿍이에게 입혀보기도 하고 함께 산책도 하며 행복해했다. 까꿍이의 모든 것을 사랑하는 유카리는 나보다 더 까꿍이를 사랑하는 듯 보였다. 인연은 참 신비롭게 이어진다.

🐾 여자 넷이 힘차게 푸들 두 마리를 데리고 와서 낮부터 밤 늦게까지 나와 함께 놀아준 적도 있었다. 그렇게 술을 많이 먹고도 주사 한 번 부리지 않고 깔끔하게 집에 가는 사람은 그 언니들밖에 없을 것 같다. 푸들의 분리불안증을 교정하는 것에 있어서 내 말을 100% 믿어주었던 언니들이 너무 고마웠다. 지금은 결혼에 골인해서 아이엄마가 되어 있지만 나는 그때 그 시절이 그립기도 하다.

🐾 노랗게 탈색한 머리카락을 휘날리던, 범상치 않았던 모습의 여자아이. 지금은 어느덧 20대 중후반을 달리는 성숙한 아가씨가 된 친구가 있다. 언제나 내 곁에서 친동생처럼 지내는

동생이다. 그 친구는 까꿍이와 로시만 있을 때 까로맘을 방문했던 손님이다. 10명 중 10명이 까꿍이를 예뻐했던 그 시절, 그 친구는 유독 로시가 예쁘다며 로시를 좋아했다. 그리고 로시가 출산했을 때 그 친구는 새끼 한 마리를 분양받아갔고, 지금 나의 반려견들보다 훨씬 똑똑한 반려견으로 만들었다. 내 옆에서 훈련에 대해 고민상담을 하고 내 말을 100% 수긍해주고 믿어주는 친구이다. 언제나 내가 하는 말이 다 맞는 말이라고 응원해주는 든든한 동생이다. 나는 그 친구에게 늘 위로받고 있다.

　여기에 다 쓰지 못한 고마운 분들이 너무나 많다. 지난 9년간 까로맘에서는 항상 손님에게 만족한 서비스를 해드리려고 노력해왔고, 그 결실도 보고 있어서 매우 뿌듯하고 행복하다. 더 많은 단골을 만들기 위해 노력할 것이고, 지금까지 함께해준 단골들이 있어 지금의 까로맘이 있을 수 있었기에 그분들에게도 더 좋은 서비스를 해주려 노력할 것이다.

반려견들로 인해 생겨난 인연은 쉽게 끊어지지 않는 것 같다. 누군가는 미물이라고 하지만 나에게는 사람과 소통할 수 있게 해주고, 인연을 만들어주는 소중한 역할을 해주었다. 앞으로 또 어떤 이야기가 생길지 모르지만 한 편 한 편 잘 기록해두었다가 까로맘 이야기 버전 2로 돌아올 예정이다. 그때가 되면 전문가로서 더욱 굳건히 자리 잡고 있고 있을 거라고 믿는다.

까로맘 카페에서 김민진의 행동교정을 신뢰해주신 많은 분들께 감사하다는 말씀 전해드리고 싶고, 앞으로 더 열심히 하는 까로맘이 될 것을 약속드린다.